DE RAPTOS, VIOLACIONES, MACACOS
Y DEMÁS INCONVENIENCIAS

FRANCISCO AYALA

DE RAPTOS, VIOLACIONES, MACACOS Y DEMÁS INCONVENIENCIAS

Seix Barral ⋏ **Biblioteca Breve**

Historia de macacos
Primera edición: 1955
(Revista de Occidente, Madrid)
Primera edición en Biblioteca Breve de Bolsillo: 1972
(Editorial Seix Barral, S. A., Barcelona)

De raptos, violaciones y otras inconveniencias
Primera edición: 1966
(Alfaguara, Madrid)

Cubierta: Neslé Soulé

Primera edición en Biblioteca Breve: octubre de 1982

© 1955, 1966, 1972 y 1982: Francisco Ayala

Derechos exclusivos de edición en castellano
reservados para todo el mundo:
© 1972 y 1982: Editorial Seix Barral, S. A.
Córcega, 270 - Barcelona-8

ISBN: 84 322 0458 7

Depósito Legal: B. 35677-1982

Impreso en España

HISTORIA DE MACACOS

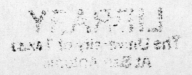

HISTORIA DE MACACOS

I

Si yo, en vista de que para nada mejor sirvo, me deci-
diera por fin a pechar con tan inútil carga, y emprendiera la
tarea de cantar los fastos de nuestra colonia —revistiéndo-
los acaso con el purpúreo ropaje de un poema heroico-gro-
tesco en octavas reales, según lo he pensado alguna vez en
horas de humor negro—, tendría que destacar aquel banquete entre los más señalados acontecimientos de nuestra
vida pública. Memorable, de veras memorable iba a ser en
efecto, por razones varias, esa cena de despedida; y, en su
caso, no resultaría exagerada la habitual fraseología del
periodiquín local, ni las hipérboles y ponderaciones con que
pudiera el inefable Toñito Azucena reseñar en la radio el
social evento. Ya el mero hecho de reunirse, o reunirnos,
los capitostes para festejar a uno de los nuestros con motivo de su regreso «al seno de la civilización», bastaba y so-
braba; era de por sí toda una sensación en el empantana-
do tedio de nuestra existencia, aunque no hubiera habido
detrás lo que había, ni hubiera descubierto lo que descubrió, ni tenido las consecuencias que tuvo. Pero es que,
además, este banquete de despedida presentaba desde el
comienzo características muy singulares. Por lo pronto, era
el propio director de Expediciones y Embarques quien ofrecía a los demás el agasajo en lugar de recibirlo. Había
insistido en su deseo de retribuir así las innumerables atenciones que, durante su «campaña africana», recibieron de
nosotros tanto él, Robert, como, sobre todo, su esposa. Y
no hay que decir el efecto que esta idea —un poco extravagante de cualquier manera— debía producirnos a todos y
cada uno de nosotros, dados los antecedentes del caso.
Como bien podía preverse, dio pábulo a la chacota gene-

ral, y en este sentido se distinguió, amparado en su jerarquía, el inspector general de Administración, Ruiz Abarca, incapaz siempre de aguantarse las ocurrencias violentas lo mordaces y reducirse a los límites —no demasiado estrictos, al fin y al cabo, pues vivíamos en una colonia—, pero, ¡caramba!, mantenerse siquiera dentro de los límites mínimos exigidos por el decoro de su cargo. Lejos de eso (eso no estaba en su genio), incurrió en impertinencia al provocar y prolongar, para ludibrio, un cortés altercado con Robert sobre quién invitaba a quién, durante cuyo debate no cesó de emitir, con miradas oblicuas a la divertida galería, frases de estilo, tales como: «¡En modo alguno, amigo Robert! Nosotros somos quienes tenemos recibidas excesivas atenciones de ustedes y, muy en particular, de la señora. Creo poder afirmar en nombre de todos que nuestra doña Rosa ha sido una bendición del cielo para este inhóspito país. Tanto, que no sé ni cómo vamos a arreglárnoslas ahora sin ella. Usted, querido colega, de seguro que no puede imaginarse cuánto vamos a echarla de menos»; y otras pesadeces semejantes, que el director de Embarques escuchaba, elusivo, complacido en el fondo o irónico, medio asintiendo a ratos, con el vaso de *whisky* empuñado y protestas en los labios contra la amable exageración del querido amigo. Aseguraba, sin embargo —y a los espectadores agrupados alrededor de ambos jerarcas se les reían los ojos—, aseguraba muy serio —y algunos querían reventar de risa—, que no; que las ventajas del trato fueron recíprocas, lo reconocía; pero que ellos, su esposa y él, resultaron sin duda los más gananciosos; de manera que por favor, no pretendiera nadie ahora privarle de este placer; no se hablara más del asunto: definitivamente, él pagaría la fiesta de despedida... Ruiz Abarca fingió entonces darse por vencido, aunque de mala gana, en la porfía. Y Toñito Azucena, entrometido profesional, se atrevió a terciar con una grracieta que tuvo poca aceptación; nadie le hizo caso, y el propio Robert lo miró como a un sapo. Los demás se regodeaban ya en su fuero interno, anticipándose opima cosecha de comentarios jocosos y de risotadas sin que faltara tampoco —sospecho yo— alguno que, con un residuo de vieja caballerosidad apenas reprimida por la obsecuencia, sintiera bochorno y hasta un poco de sublevación moral ante lo que ya parecía en verdad demasiado fuerte. En cuanto a mí, que asistía a todo con ánimo neutral (mis motivos tenía para considerarme neutral hasta cierto punto), estaba un poco asombrado y me preguntaba cómo aquel sujeto, Robert, de quien tanto hubiera podido decirse, pero no que fuese ni tonto ni un infeliz, no captaba el ambiente de soflama que lo envolvía. Ya era mucho que durante un año largo no se hubiera percatado de nada. Con razón dicen que los maridos son siempre los últimos en enterarse, aunque de mí sé decir... Demasiado engolfado en amasar dinero por cualquier medio, y quizás también demasiado poseído de sí —pues era un tío soberbio si los hay— para que le pasara siquiera por las mientes la posibilidad de que alguien osare hollar su honor profanando el santuario de su hogar, menos aún podía notar el director de Embarques la sorna alrededor suyo en esos momentos. Yo lo contemplaba y me hacía cruces. Aunque el tipo tenía cara de palo, se me antojaba a ratos descubrir en su expresión un no sé qué de forzado y violento, o de irónico, o de triste. Sea como quiera, se veía un poco pálida su cara de palo. O quizás eran sólo mis aprensiones de observador neutral.

Llegó la fiesta. Cómodo en esa mi actitud de espectador, me instalé en una esquina de la mesa (mi empleo en la compañía es más bien modesto, y tampoco soy yo de los que se desviven por destacar), muy dispuesto, eso sí, a presenciarlo todo desde la penumbra, mientras que las miradas convergían hacia la cabecera, ocupada, como es natural, por el gobernador, con la reina de la fiesta a su derecha y, a continuación —lo que ya no es natural, sino, por el contrario, inaudito, indignante—, ese títere de Toño Azucena, ¡un locutor de radio! Al otro lado, oficiaba nuestro anfitrión y director de Embarques, y, sin orden, seguían luego por las dos bandas los jefes principales de la colonia.

La señora de Robert era la única mujer presente. Consistía la fiesta en una cena «para hombres solos» que ofrecía el matrimonio, ahí en el Country Club, la víspera de su partida a Europa. Otra extravagancia, si se quiere; pero, bien mirado, resultaba lo más discreto. Desde luego, Robert era persona que sabía apreciar las circunstancias, que hilaba fino; y el haber hecho «invitación de caballeros» eliminaba de entrada muchas cuestiones. Piénsese: en la colonia es bastante irregular la situación doméstica de casi todo el mundo. La mayor parte de los funcionarios que manda la compañía, resignados por necesidad extrema a este exilio en el África tropical, vienen solos; y aun cuando la mayor parte acaban, o acabamos, por dejarnos aquí el pellejo, cada cual piensa y calcula que su «campaña» será breve, un sacrificio transitorio, lo indispensable para juntar alguna plata y salir de penas y rehacer su vida; pero los meses pasan, y los años, las cartas a casa ralean, los envíos de dinero también se hacen raros y, mientras tanto —sin llegarse al caso extremo de Martín, ese extrañísimo y abyecto personaje, encenegado en su negrerío—, va brotando en la colonia una ralea mestiza al margen de situaciones más o menos estables, pero jamás reconocidas ni aceptadas. En resumen: que la mayoría somos aquí «hombres solos». Y de otro lado, las mujeres de aquellos pocos que, por fas o por nefas, se trajeron consigo a la familia, suelen, las muy necias, desarrollar aquí en África una soberbia intratable, que da risa cuando se consideran las penurias y aprietos pasados antes de ahora por estas pretendidas reinas en el destierro, y hasta la ínfima extracción que, acaso, traiciona en su lenguaje, gustos y maneras la digna consorte de algún que otro ilustre perdulario. Así, pues, en este corral de gallinas engreídas, la señora doña Rosa G. de Robert, nuestra encantadora directora de Expediciones y Embarques, había llegado a tener demasiado mal ambiente, no sólo por obra de la envidia hacia sus buenas prendas, belleza, mundo, etc., sino también —justo es confesarlo— porque las cosas trascienden, y ¿qué más quiere la envidia sino encontrar manera de dignificarse en escandalizada virtud?... Convidar hombres solos evitaba, en todo caso, complicaciones y enojos, o los reducía al mínimo inevitable; era medida prudente.

Por lo demás, a ella, a la encantadora Rosa, poco le importaban los chismes, las habladurías de la gente, ni el «qué dirán»; buenas pruebas tenía dadas del más impávido desprecio hacia la opinión ajena. Ahí estaba ahora, sonriente y feliz, tan fresca cual su nombre, presidiendo la mesa a la diestra del gobernador. ¡Admirable aplomo el suyo! Sonriente y feliz, lucía en medio de todos nosotros, autorizada por las barbas venerables de su excelencia, con un dominio pleno de la situación. Y no puede negarse que fuera emocionante el momento, aun para quien, como yo, apenas si tenía otro papel que el de figurante y comparsa en aquella comedia absurda. Había oscurecido ya, y caía sobre nosotros esa humedad fresquita que, la mayor parte del año, viene a permitirnos vivir y respirar, siquiera por las noches, después de las atroces horas de sol. Estábamos sumidos en la penumbra; los sirvientes del Club iban y venían, descalzos, oscuros, por la terraza, desde donde se veía el dormido rebaño de automóviles, agrupados abajo, en la explanada. Del fondo de la selva nos llegaban a veces gritos de los monos, perforando con su estridencia el croar innumerable, continuo y cerrado de las ranas, mientras que ahí, a un lado, muy cerca, encima casi, perfilaba en el puerto su negra mole el *Victoria II,* que zarparía de madrugada llevándose a Rosa y a su dichoso marido...

13

La cena comenzó en medio de gran calma, y así discurrió, un poco fantasmal, apacible, hasta los postres, sin particularidad de ninguna especie, aunque no sin una creciente expectación. Estábamos en penumbra; no teníamos luces sobre la mesa; para evitar la molestia de los insectos, nos conformamos con la iluminación lejana de los focos, a cuyo alrededor se agitaban espesos enjambres de mosquitos y mariposones. Comíamos, hablando poco y en voz baja, y no dejaba de haber emoción en el ambiente. Pues es lo cierto que todos esperábamos, barruntábamos, algo sensacional; y, por supuesto, lo deseábamos. Nos hubiéramos sentido defraudados sin ello, y fue un alivio cuando, al final, ya con el café servido y prendidos los cigarros, explotó —y ¡de qué manera!— la bomba.

Hubiera podido apostarse que a la majadería de Ruiz Abarca, el inspector general, correspondería provocar el estallido. Lo vimos alzarse de la silla, pesadamente, y, en alto la copa de vino que tantas veces había vaciado y vuelto a llenar durante la comida, farfullar un brindis donde salían a relucir de nuevo, con reiteración insolente, las bondades de que la señora había sido tan pródiga, y donde otra vez se proferían insidiosas y torpes quejas por el desamparo en que a todos nos dejaba. Entonces Robert, que había escuchado sonriendo, un poco pálido y, al parecer, distraído o ensimismado, se levantó de improviso a pronunciar el discurso de réplica que tan famoso haría aquel evento social. Me limitaré a reproducir aquí, sin muchos comentarios, la curiosa pieza oratoria; y no se piense que es mérito de mi sola memoria la fidelidad textual con que lo hago, pues, aun cuando ha pasado ya algún tiempo, todavía sale a relucir de vez en vez en nuestras conversaciones, después de haber dado materia durante semanas y meses a debates, discusiones y disputas. La fijación de sus términos exactos es, por lo tanto, obra del trabajo colectivo.

Pidió, pues, silencio nuestro director de Embarques con

14

un gesto de la mano, cuya imperiosa decisión tuvo la virtud de interrumpir el ya enrevesado, farfullento, interminable brindis del borracho, y se paró a contestarle; no se diga ante qué expectación. Todavía se dio el gustazo de aumentarla al concederse una pausa, ya en pie, para prender su cigarro y sacarle un par de lentas chupadas; y luego, con voz bajita y despaciosa, algo vacilante, aunque controlada, rompió a hablar. He aquí lo que dijo: «Señor gobernador, señores y amigos míos: Pocas horas faltan ya para nuestra partida; el barco que ha de restituirnos a Europa ahí está, con nuestros equipajes, esperando a que amanezca para levar anclas. Cuando dentro de un rato nos separemos, será acaso para no vernos ya nunca más, y sólo de la casualidad puede esperarse que concierte nuestro futuro encuentro con alguno de ustedes, Dios sabe dónde ni cuándo, pero desde luego en condiciones tan distintas a las actuales que seríamos como de nuevo extraños, como prácticamente desconocidos. Y, sin embargo, ¡qué enlazadas han estado nuestras vidas durante este último año de mi permanencia en África! Ahora, al dejar la colonia y separarme de ustedes, siento una especie de íntimo desgarrón, y no puedo resistir al deseo de comunicarles mis ocultas emociones, que hasta hace un rato dudaba todavía si descubrirles o, por el contrario, reprimirlas y reducirme a ofrecerles en tácito homenaje a su amistad esta modesta despedida. Pero he pensado que tal vez incurriría en deslealtad hacia tan excelentes amigos si me llevara conmigo un pequeño secreto, un secreto insignificante, quizá ni siquiera un secreto, pero que concierne a nuestras respectivas relaciones y cuya declaración puede aplacar la conciencia de algunos, confortándome a mí, cuando menos, con la sobria alegría de la verdad desnuda».

Hizo aquí una pausa, y volvió a chupar el cigarro calmosamente. Nadie respiraba; más allá, tras los criados que, apartados, respetuosos, escuchaban junto a las columnas, se oía el áspero y seguido croar de las ranas y, de vez en cuando, el chillido de algún simio.

Continuó diciendo el director de Embarques con voz ya afirmada y en la que ponía ahora un cierto matiz de complacencia nostálgica: «Permítanme, queridos amigos, recordar la hora de mi primera llegada a la colonia. Circunstancias azarosas de mi pasado me habían empujado a este exilio donde esperaba reponerme de muchos desengaños y —¿por qué no decirlo?— de muchos quebrantos económicos. Sí, ¿por qué no decirlo abiertamente, entre compañeros? Es humano y es legítimo; y todos nosotros, sin excluir al propio señor gobernador (aun reconociendo sus altas preocupaciones e intereses superiores, voy a permitirme no excluirlo —agregó con una mirada de reto cordial, que el dignatario acogió benévolamente—); todos nosotros, digo, incluso él, afrontamos la expatriación, las fiebres, las lluvias torrenciales, la aprensión de los indígenas, el castigo del sol, la mosca tsé-tsé, en fin, cuanto a diario constituye motivo de nuestras quejas, y, sobre todo, ese implacable deterioro del que nunca nos quejamos para no pensar en él; afrontamos todo eso, y ¿por qué? Pues porque, en cambio, el dinero corre aquí en abundancia, con aparente abundancia, aparente no más; pues, bien mirado, constituye mísero precio para nuestras vidas; y si así las malbaratamos, es por no estimarlas gran cosa en el fondo de nosotros mismos, de modo que hasta creemos realizar un buen negocio y nos hacemos la ilusión de recibir paga generosa... Más vale eso; todos contentos... Pero, señores, les pido perdón; estoy divagando. Decía que a mi llegada sentí una entrañable solidaridad con todos ustedes. En cierto modo, todos estábamos aquí proscritos, con la nostalgia de aquello por amor de lo cual hemos caído en este pantano, hundido el cuerpo en medio de la selva y yéndose el alma hacia allá. Entonces pensé cuánto bien podría traernos a todos la presencia de Rosa. Esta no es

16

tierra para nuestras mujeres, cierto; pero ella —ustedes bien lo saben— no es ni pusilánime, ni abatida, ni agria; sabe llevar a cabo con la sonrisa en los labios cualqiuer sacrificio; a nada le hace ascos... En fin, resolví traérmela conmigo en el viaje siguiente; regresé, pues; se lo propuse, aceptó ella, y en estos momentos, cuando nos aprontamos a regresar de nuevo a la patria, creo que ya puedo darme por contento de mi iniciativa y de nuestra resolución. Ustedes, por su parte —ya se ve—, sólo saben lamentar la ausencia y orfandad en que esta excepcional criatura les deja. Y lo comprendo, señores, amigos míos; lo comprendo perfectamente. No piensen que ignoro lo que ella ha sido para ustedes durante este año; la idea de que pudiera estarlo ignorando me produce a mí tanta vejación como debe producirles regocijo o —acaso— vergüenza a ustedes mismos. Pero, no; por suerte, no lo ignoro, ni tampoco veo motivos para lamentarlo. Sé muy bien cuáles han sido los particularísimos favores que Rosa ha discernido a cada uno de ustedes, y con no menor precisión estoy informado de la esplendidez exhibida por cada uno al retribuírselos. ¿Cómo hubiera podido ignorarlo, si ella acostumbra depositar en mis manos el cuidado de todos sus intereses, tanto materiales como espirituales?... Y, al llegar a este punto, sería una falta de hidalguía por mi parte no rendir el justo tributo al desprendimiento con que todos ustedes han sabido corresponder a las bondades de esta mujer admirable. Desprendimiento —debo decirlo— hasta excesivo en ciertos casos. Que el señor gobernador, quien fue —según corresponde a su eminente posición— el primero en honrar con sus asiduidades nuestro humilde hogar, quisiera colmar de dádivas a la mujer en cuyo seno le era dado olvidar un poco las abrumadoras responsabilidades de su cargo, santo y bueno. Pero es, amigos, que ha habido conductas muníficas, aun en mayor grado, si cabe; y yo me siento en el deber de proclamarlo. Resulta conmovedor, por ejemplo, el caso de algunos colegas, que no nombro por no herir su modestia, quienes, cuando les llegó el turno y oportunidad de mostrarse a la altura de sus superiores jerárquicos, no escatimaron sacrificios, ni han vacilado siquiera en empeñarse y contraer deudas para que su nombre quede escrito en nuestra memoria con letras de oro. Rosa, cuyo corazón es del mismo metal precioso, a duras penas se ha dejado persuadir por mí de que devolverles parte de sus obsequios hubiera podido ser ofensivo para quienes con tan devoto sacrificio los hicieran...»

Puede calcularse la estupefacción que este discurso —tímido al comienzo, y ahora ya emitido con indignante aplomo y claras inflexiones burlescas— suscitaba en los oyentes. Era inaudito semejante cinismo; nadie sabía cómo tomarlo. Las dos alusiones a su excelencia, a cuál más audaz, fueron golpes maestros calculados para paralizarnos. Había atraído en seguida el rostro del señor gobernador todas las miradas, sin encontrar la suya; pues los ojos de su excelencia, habitualmente vivaces, inocentes, reidores y en modo extraño muchachiles en aquella su cara barbuda, se concentraban ahora, fijos en la fuente de frutas que ocupaba el centro de la mesa. Nadie sabía cómo tomar aquello. Por lo demás, era dato bien conocido el de quienes tenían embargado el sueldo, y por qué; mencionar deuda o empeño era nombrarlos. Hubo rumores, alguna risa; y el irritado susurro que se oía en varios lugares de la mesa estaba a punto de elevarse hasta rumor y clamor; mas ya el orador, cerrando su pausa, retomó la palabra a tiempo para concluir en tono ingenuo, amable, bonachón, con la traca final que nos dejaría tambaleantes. Estas fueron sus últimas palabras: «Por supuesto —dijo—, de igual manera que yo he sabido, durante este, ¡ay!, largo término, aparentar distracción, ustedes han tenido también el tacto de fingir que continuaban creyendo a esta mujer esposa mía, según yo me había permitido presentarla, usando de una pequeña superchería, a mi llegada. Una pequeña superchería, sin consecuencias; pues estoy seguro de que, el conocerla más de cerca y poder apreciar su modo de conducta, su habilidad y experiencia, su sentido de las conveniencias y su escrupuloso respeto de las jerarquías, tan alejado todo ello de la necia arbitrariedad e insipidez que suele caracterizar a nuestras mujercitas burguesas, les permitiría a ustedes advertir en seguida y darse cuenta inmediata de lo que en realidad es ella: una profesional muy eficiente, en la tradición de las antiguas cortesanas. Y no otro es, señores, el pequeño secreto que, aun seguro de que ya lo habrían adivinado tiempo ha, me he creído en el deber de revelarles. Largo e intensivo entrenamiento había preparado a nuestra amiga —y señaló hacia Rosa con el cigarro— para estas arduas lides cuando, hace poco más de un año, le propuse que se asociara conmigo y corriera la aventura tropical a la que hoy ponemos feliz término y coronación. No me resta, por consiguiente, apreciados colegas, sino informales por encargo de nuestra querida Rosa de que, con sus ahorros, se propone —ya que su juventud triunfante le desaconseja la sosegada existencia del rentista— instalar un establecimiento de galantes diversiones que, seguro estoy, ha de ser modelo en su género, y donde, por descontado, serán recibidos ustedes como en su propia casa cuando alguna vez deseen visitarlo. Entretanto, que el Señor les colme de prosperidades». Y nada más. Hizo una reverencia, y volvió a sentarse.

¡Qué desconcierto, Dios mío! Aquello era un mazazo. Nadie sabía qué pensar, ni qué decir, ni qué hacer. Rosa, encantadora, enigmática, ajena, distante, impertérrita, sonreía, muy digna en su puesto. ¡Si era cosa de frotarse los ojos para creerlo!...

Y otra vez fue Abarca, nuestro nunca bien ponderado inspector general de Administración, quien, al sentirse así burlado, se dejó llevar impetuosamente de su primer impulso: levantó el puño y, rojo de ira, lo descargó sobre la mesa, a la vez que su oscuro vozarrón profería: «¡Ah, la grandísima...!» El insulto fue como un pedrusco lanzado con violencia enorme a la cara tan compuesta de la ninfa. Mudos, aguardamos el impacto... Lo sucedido hasta ese instante había tenido, todo, un raro aire de alucinación; daba vértigo. Pero lo que ocurrió entonces... Sin perder su apostura ni alterar el semblante, la dama contestó a la injuria de aquel bestia presentándole, tieso, el dedo de en medio de su mano diestra, que se mecía en el aire con suave, lenta, graciosa oscilación, mientras la siniestra, apoyada en el antebrazo, refulgía de joyas. Tal fue su respuesta, la más inesperada. Y el ademán obsceno, en cuya resuelta energía no faltaba la delicadeza, vino a romper definitivamente la imagen que, a lo arlgo de un año seguido, nos teníamos formada de la distinguida, aunque ligera, señora de Robert.

Sin embargo, una vez más hubimos de rendirnos y reconocer su tino, y admirarla de nuevo cuando, más adelante y ya en frío, se discutió el asunto. Pues ¿hubiera podido acaso dar más sobria respuesta a la insolencia de un borracho que el silencioso pero concluyente signo mediante el cual corroboraba al mismo tiempo, confirmaba, refrendaba y suscribía el informe rendido *in voce* un momento antes, acerca de su verdadera condición y oficio, por el director de Embarques? Éste —¡qué habilidad la del hombre!— evitó lo peor; consiguió que la tormenta se disipara sin descargar, y disolvió la reunión después de haberse despedido en particular de cada uno de nosotros, desde el gobernador para abajo, sin excluir al propio Ruiz Abarca («Vamos, Rosa, que el señor inspector general quiere besarte la mano, y no son momentos éstos para rencores»), dejándonos desconcertados, divididos en grupitos, sin que nadie escuchara a nadie, mientras que la pareja se iba a dormir a bordo ya esa noche.

II

Un mazazo, capaz de aturdir a un buey: eso había sido
la revelación de Robert. Su famoso discurso nos había dejado tontos. Ya, ya irían brotando, como erupción cutánea,
las ronchas que en cada cual levantaría tan pesada broma;
pues —a unos más y a otros menos— ¿a quién no había
de indigestársele el postre que en aquella cena debimos tra-
garnos? Cuando al otro día, pasado el estupor de la sorpresa y disipados también con el sueño los vapores alcohóli-
cos que tanto entorpecen el cerebro, amaneció la gente,
para muchos era increíble lo visto y oído; andábamos todos desconcertados, medio huidos, rabo entre piernas. Tras
vueltas, reticencias y tanteos que ocuparían las horas de
la mañana, sólo al atardecer se entró de lleno a comentar
lo sucedido; y entonces, ¡qué cosas peregrinas no pudieron
escucharse! Por lo pronto, y aunque parezca extraño (yo
tenía miedo a los excesos de la chabacanería), aunque parezca raro, la reacción furiosa contra la mujer, de que Ruiz
Abarca ofreciera en el acto mismo un primer y brutal
ejemplo, no fue la actitud más común. Hubiera podido calcularse que ella constituiría el blanco natural de las mayores indignaciones, el objeto de los dicterios más enconados;
pero no fue así. La perfidia femenina —corroborada, una
vez más, melancólicamente— no sublevaba tanto como la
jugarreta de Robert, ese canalla que ahora —pensába-
mos— estaría burlándose de nosotros, y riendo tanto mejor cuanto que era el último en reír. Durante meses y meses nos había dejado creer que le engañábamos, y los enga-
ñados éramos nosotros: esto sacaba de tino, ponía rojos de

21

rabia a muchos. Pues, en verdad, la conducta del señor director de Expediciones y Embarques resultaba el bocado de digestión más difícil; pensar que se había destapado con desparpajo inaudito —mejor aún, con frío y repugnante cinismo— como un chulo vulgar, rufián y proxeneta, suscitaba oleadas de rabia y tardío coraje, quizás no tanto por el hecho en sí como por la vejación del chasco. ¡Señor director de Embarques! ¡Buen embarque nos había hecho! Eran varios ya, y crecían en número, los que pretendían haber sospechado algo, callado por prudencia algún barrunto o pálpito, acaso tener pronosticado (y no faltarían testigos) cosa por el estilo. Otros, no menos majaderos, se aplicaban a urdir —¡a buena hora!— remedios ilusos; y tampoco dejaban de oírse voces que reprocharan al gobernador su lenidad en permitir que aquella pareja de estafadores («estafadores de la peor calaña») embarcara tan ricamente, sin haber recibido su merecido o, al menos, vomitar los dineros que, sorprendiendo la buena fe ajena, se habían engullido.

Pero hay que decir que la opinión sensata acogía con reserva y aun con ironía desahogos semejantes, y que, muy por el contrario, se sintió un general alivio cuando, en la emisión de las cinco y media, cerró Toño su noticiario radial mediante las palabras sacramentales: «...y un servidor de ustedes, Toñito Azucena, les desea muy buenas tardes», sin haber hecho mención alguna del acontecimiento que ocupaba todas las mentes y alimentaba todas las conversaciones. Y es que la manera como *El Eco de la Colonia* traía la noticia aquella mañana resultaba inquietante por demás. «Anoche, según lo anunciado —informaba el diario—, tuvo lugar en la elegante terraza del Country Club el banquete de homenaje y despedida al señor director de Expediciones y Embarques, don J. M. Robert, y a su digna consorte, la señora Rosa G. de Robert. Al cerrar esta edición, adelantamos la noticia sin que nos sea posible relatar en detalle las interesantes incidencias del destacado acto. En nuestro número de mañana encontrará el lector, reseñados con la debida amplitud y comentarios pertinentes, los sabrosos detalles del evento». No decía más; y ¡bueno fuera —me había dicho yo aquella mañana, leyendo la insidiosa gacetilla, mientras se enfriaba mi taza de café—, bueno fuera que, tras el chaparrón de anoche, nos enfangáramos todavía en un innecesario escándalo! Por mí, eso me importaba poco. Le importaría al gobernador, le importaría al jefe de la Policía colonial, le importaría al secretario de Gobierno, le importaría al propio Ruiz Abarca, tan inspector general de Administración, después de todo; y, fuera de estos dignatarios responsables, le importaría a los pocos empleados, altos o bajos, que tienen aquí la familia. A mí, en el fondo, me traía muy sin cuidado. Pero esto no quiere decir que fuera indiferente al asunto; no lo era; me interesaba, desde luego, aunque apenas me sintiera implicado, y lo viviera un poco en espectador. Recuerdo que aquella misma noche, caldeado sin duda mi caletre, había fabricado un sueño, tan absurdo como todos los sueños, pero que reflejaba la impresión recibida durante la escena del banquete. Soñé que me encontraba allí, y que Rosa ocupaba, tal cual en realidad la había ocupado, la cabecera de la mesa, junto al gobernador. Discurría la comida, y yo me sentía acongojado por la inminente partida de nuestra amiga, cuando, de pronto, el inspector general, Abarca, sentado en sueños al lado mío —aunque la realidad nos asignara puestos algo distantes en la mesa; pero en sueños estaba a mi lado—, se me inclina al oído y, muy familiarmente, me susurra: «Mire, compadre, qué ajada se ve Rosa. Pensaba ella irse tan fresca; pero, camarada, en el trópico...» La miré entonces, y vi con asombro que su cara se había cubierto de arrugas, apenas disimuladas por el maquillaje; tenía bolsones bajo los ojos embadurnados, marcadas las comisuras

23

de los labios, y los hombros vencidos; una ruina, en fin. Me limité a comentar en la oreja peluda de Ruiz Abarca: «Amigo Abarca: es el trópico; aquí no hay quien levante cabeza...» Un sueño de sentido transparente —reflexioné mientras apuraba el café de mi desayuno—: el deterioro infligido en él a la dama de nuestros afanes simboliza, es fácil darse cuenta, el hundimiento repentino de su prestigio social ante nuestros ojos. Por lo demás, era dicho corriente en la colonia —y nadie mejor que yo sabe cuán cierto— que el trópico desgasta a hombres y mujeres, los tritura, los quiebra, muele y consume...

Más curioso de oír lo que se hablara sobre el caso que dispuesto a trabajar, di un último sorbo a mi taza y salí en dirección a la oficina. Mi despacho está en los bajos del Palacio de Gobierno, frente a la Plaza Mayor; hacia allá me encaminé. La mañana, ya un poco avanzada, estaba agradable, luminosa, pero todavía sin ese exceso de reverberación que hace insufrible el centro del día. Bordeando el mal pavimentado arroyo, apartando a veces las criaturitas desnudas que pululaban junto a los barracones, y sorteando montones de basura, nubes de moscas, seguí mi habitual trayecto hacia la Avenida Imperial y Plaza Mayor (prefería atravesar aquella inmunda pero breve zona en vez de emprender de rodeo y llegar sudado); y ya había pasado por delante de Martín, ya le había dado los «buenos días», y él, desde su hamaca sempiterna, me había retribuido con su acostumbrada combinación de un gruñidito y un levísimo movimiento de la mano, cuando se me ocurrió —fue una idea— comprobar si ya había trascendido el suceso de la noche antes fuera del que pudiera llamarse «mundo oficial» de la colonia, y bajo qué colores. Martín pertenecía y no pertenecía al mundo oficial: flotaba en una especie de limbo indefinido. Era, sin lugar a dudas, el europeo más antiguo aquí; todos le recordábamos instalado ya en su hamaca, al tiempo de llegar cada uno de nosotros... Sí, él estaba ya ahí, desde antes, en su casita de tablas verdes mal ensambladas. Y, por supuesto, cobraba —aunque un sueldito muy pequeño— de la compañía, en cuyo presupuesto figuraba bajo el título, que significaría algo una vez, de ayudante de Coordinación, pero que actualmente, desaparecido desde hacía años el cargo de coordinador, no respondía a otra actividad visible que la de balancearse en la hamaca —enorme araña blancuzca colgada entre los postes que sostenían el techo de cinc—. Me detuve, pues, y retrocedí con suavidad un paso para, apoyada mi mano en la apolillada baranda, preguntarle si se había enterado del escándalo de anoche. «¿Anoche?», preguntó, inexpresivo, con la pipa en la boca. Aclaré: «Anoche, en el banquete del director de Embarques». Fumó él, y luego dijo, despacio: «Algo he oído contar por ahí dentro; pero no me he dado bien cuenta». *Ahí dentro* era el fondo sórdido de la casita, donde bullía, desbordando, una parentela indefinida, la vieja, azacaneada siempre, con sus descomunales pies descalzos de talón claro y las tetas sobre la barriga, muchachos y muchachas de todas las edades, sobre cuyas facciones negras lucían de pronto los ojillos azules de Martín, o rebrotaba el color rojizo de su ya encanecido cabello, floreciendo ahora en los ricitos menudos de una cabeza vivaz... ¡Que no se había dado bien cuenta! ¿En qué estaría pensando aquel bendito? Adormilado en su hamaca, con la pipa entre los dientes, sólo en forma imprecisa llegaría hasta él lo que charlaban, en su lengua, las gentes de aquella ralea y sus amigotes, lo que tal vez refirió, a la mañanita, alguno de los criados del Club acodado en la baranda mientras la vieja lavaba ropa junto a los tallos lozanos del bananero. Ni se había dado bien cuenta ni parecía interesarle, pues tampoco me preguntaba a mí, que me había parado a conversarle de ello. ¡Estrambótico sujeto! Me tenía allí pegado y no decía nada. Ganas me dieron de volverle la espalda y seguir mi camino; pero

25

todavía le sonsaqué: «Y ¿qué le parece nuestro ilustre director de Embarques, cómo se ha destapado?» Va y me contesta: «¡Pobre hombre!» Semejante incongruencia me contestó. Le eché una mirada y —¿qué ha de hacer uno? «Bueno, Martín; hasta luego»— seguí adelante. ¡En el mismísimo limbo!

Seguí adelante, pero no llegué a la oficina, pues en la plaza, al pasar por la puerta de Mario, el cantinero, vi que estaban allí, de tertulia, instalados entre las hileras de botellas y las columnas de conservas en lata, buena parte de mis colegas. La vecindad de la cantina era tentación frecuente para los funcionarios del Palacio de Gobierno, y hoy, naturalmente, había asamblea magna. Entré a enterarme de lo que se decía y me incorporé al grupo; las tareas del despacho podían aguardar: no había pendiente nada de urgencia. Cuando me acomodé entre mis compañeros, estaba en el uso de la palabra ese payaso de Bruno Salvador, quien, haciendo guiños y moviendo al hablar todas sus facciones, desde la arrugada calva hasta la barbilla puntiaguda y temblona, comentaba —¡cómo no!— las implicaciones del discurso de Robert, y pretendía convencer a la gente de que él, Bruno Salvador, se había percatado de los puntos que Robert calzaba, le tenía muy calado al tal director de Embarques, «pues aquí, si uno quiere vivir, tenemos que guardarnos el secreto unos a otros, es claro; pero, ¡caramba!, quien tenga ojos en la cara, y vea, y observe, y no se chupe el dedo...» «Entonces, tú estabas al tanto, ¿no?», le interrumpió con soflama, entornados sus ojos bovinos, Smith Matías, quien, como oficial de Contaduría, entendía en los pagos, anticipos y préstamos, y conocía al dedillo las erogaciones extraordinarias de aquel mamarracho. Pero él no se inmutaba. «Lo que yo te digo es —respondió— que a mí no me ha causado tanta sorpresa como a otros caídos del nido. ¡Si conocería yo al tal Robert!» Perdidos sus ojuelos vivos entre los macerados párpados de abuelo, y tras estudiada vacilación, se decidió a confiarnos cómo, en cierta oportunidad, a solas y mano a mano, él, Bruno, le había hecho comprender al ilustrísimo señor don Cuernos que con él no había tustús, «porque, señores —concluyó muy serio—, una sola mirada basta a veces para entenderse». Fingimos creer el embuste y dar por buena la bravata; y Smith Matías, sardónico, reflexionó, meneando la cabeza: «Ya, ya me parecía a mí que el director de Embarques te trataba a ti con demasiadas consideraciones. Y era eso, claro: que te tenía miedo... Pero entonces —agregó en tono de reproche, tras una pausa meditativa, y sus ojos bovinos expresaron cómica desolación—, entonces tú, Bruno, perdona que te lo diga, tú eres su encubridor... No; entonces tú no te has portado bien con nosotros, Bruno Salvador; has dejado que nos desplumen, sin advertirnos tan siquiera...»

«¿Saben ustedes...? —tercié yo, un poco por interrumpir la burla y aliviar al pobre payaso, pues a mí esas cosas me deprimen—. ¿A que ustedes no adivinan —dije— cuál ha sido el comentario de nuestro distinguido colega Martín al conocer las granujadas del tal Robert?» Y les conté que el pintoresco sujeto, con su pipa y sus barbas de mendigo, había exclamado: *¡Pobre hombre!,* por todo comentario. «¿Pobre? —rió alguno—. ¡Precisamente!» Y una vez más despertó ira la idea de que, por si fuera poco el producto de su cargo, no hubiera vacilado aquel canalla en robar también a sus compañeros, redondeándose a costa nuestra. «¿*Pobre hombre*, ha dicho? Ese Martín está cada día más chiflado.» «Es un lelo; vive en el limbo —dije yo, y añadí—: Lo que resulta asombroso es la rapidez con que las noticias corren. Ahí metido siempre, revolcándose en su roña, con su negrada, el viejo estaba más enterado de lo que parecía. Yo creo que esas gentes lo saben todo acerca de nosotros; no son tan primitivos ni tan bobos como aparentan; nosotros representamos ante ellos una entretenida comedia; miles de ojos nos acechan desde la oscuridad. A lo mejor, los negros estaban muy al tanto de la trama desde el comienzo; y muertos de risa, viendo cómo Robert nos metía el dedo en la boca sin que se percatara nadie». «Bruno Salvador se había percatado —puntualizó, burlesco, Smith Matías—. *¡Pobre hombre!* Sí que tiene gracia. En el momento mismo en que se hace humo con el dinero y con la buena moza. ¡Bandido! *¡Pobre hombre!*», bisbiseó Matías con la boca chica y los ojos en blanco...

En estas y otras pamplinas se nos fue la mañana, para satisfacción de Mario, el cantinero, que sacaba de ello honra y provecho, diversión y ganancia; escuchaba, servía, y no se privaba de echar su cuarto a espadas cada vez que le daba el antojo de alternar. Varios se quedaron a comer allí mismo; alguno se fue para casa. Yo preferí hacerlo en el Country Club; siendo socio, se comprenderá que no había de almorzar en la cantina. La cuota del Country resulta desde luego un tanto subida para mi bolsillo, pues mi empleo no es de los que permiten granjearse demasiados ingresos extra; pero, con todo, el Club ofrece grandes ventajas, y vale bien la pena. Allí estaban, cuando llegué, los principales personajes de la farsa. El insoportable Ruiz Abarca tenía sentada cátedra y despotricaba, en un casi fastuoso alarde de grosería, poniendo a los pies de los caballos el nombre de *la Damisela Encantadora* o —como otras veces la llamaban algunos (y no puedo pensar sin desagrado que fui yo, ¡literato de mí!, quien lanzó el mote a la circulación)— *la Ninfa Inconstante.* Dicho sea entre paréntesis: el nombrarla nos había ocasionado dificultades siempre, desde el comienzo de la aventura, cuando llegó a la colonia y se la designaba como la señora de Robert o como la directora de Embarques, según los casos («¿Ha conocido usted ya a la señora de Robert?», o bien: «¿Qué te ha parecido la directora?»). Mas ¿cómo mentarla después? Azorante cuestión, si se considera cuánto había ido cambiando el tipo de las relaciones tejidas alrededor suyo a partir de las primeras murmuraciones, cuando empezó a susurrarse lo que muchos no creían: que se entendiera con el gobernador; si se piensa en lo cuestionable y diverso de su respetabilidad social según circunstancias, personas y momentos. El de doña —doña Rosa— había sido un título honorable que, sin embargo, se prestaba algo a la reticencia y que, por eso, se mantuvo muy en curso como valor convenido. Pero aun éste se haría inservible cuando, a la postre, descubierto el pastel, cualquier ironía se tornaba en seguida contra nosotros mismos, como burladores burlados, y cuando, aunque mentira parezca —¡enigmas de la condición humana!—, comenzáramos a sentirnos desamparados y extraños por la ausencia de Rosa, como si esta ausencia nos pesara más que la burla sufrida. A partir de entonces, se haría costumbre aludirla por el solo pronombre personal *ella,* que, de modo tácito y por pura omisión, realzaba la importancia adquirida por su persona en nuestra anodina existencia.

De momento, las invectivas del energúmeno, cuyo alto cargo, en lugar de moderarle el lenguaje, lo hacía aún más desenfrenado e indecente, seguían cayendo como lluvia de pesado cascote sobre la delicada cabeza de la mujer que, ausente, no podía rechazarlas ahora con el eficacísimo gesto de anoche; de modo que Abarca estaba en condiciones de disparar a mansalva, y lo hacía con tan furiosa y brutal saña, que era ya vergüenza el escucharlo. Dijérase que sólo él tenía agravio y motivos de resentimiento. En verdad, todos habíamos sido víctimas del mismo engaño, de todos se había reído.

En un aura de desconcierto, entre apreciaciones más o menos insensatas, prosiguió durante varias horas la conversación con alternativas de humor risueño y violento; hasta que en la radio, que se había mantenido susurrando canciones y rezongando anuncios en su rincón, la voz inconfundible de Toño Azucena inició el cotidiano informativo mundial y local. Alguien elevó el volumen a un grado estentóreo, y todos los diálogos quedaron suspendidos; nos agrupamos a escucharlo. Pero Toñito —ya lo he anticipado— no hizo en esta emisión la menor referencia al caso; ni mus; ni resolló siquiera. Se redujo de nuevo la radio a su música lejana entreverada de publicidad, y ahora la discusión fue sobre las causas de tal silencio. Se descontaba que el joven y brillante locutor no hacía nada de importancia sino bajo la inspiración directa de la Divina Providencia, esto es, por indicaciones expresas o tácitas del gobernador, quien tenía en Toño un perro fiel y protegido, quizá hijo legítimo suyo, según afirmaban, atando cabos, los muy avisados. Sea como quiera, nadie dudaba que este silencio respondiera a los altos y secretos designios del Omnipotente; y la cuestión era: ¿a qué sería debido? Como siempre ocurre, se aventuraron toda clase de hipótesis, desde las más simples y razonables (que se desearía, y era lógico, echar tierra al asunto impidiendo que cundiera el escándalo; no se olvidara que había sido el propio gobernador quien empezó el pastel), hasta suposiciones descabelladas y maliciosas por el estilo de éstas: que, en el fondo, el viejo sátrapa se había quedado enamorado de la *Damisela Encantadora*; o bien: que su excelencia sería cómplice de la estafa urdida por la siniestra pareja de aventureros, pues, si no, ¿cómo podía explicarse?..., etc.

Por cierto que cuando Azucena, diligente siempre y gentil, se apeó de su autito azul-celeste e hizo su entrada en el círculo, la prudencia nos movió a mudar de conversación —muchos le despreciaban por chismoso—, y hubo una pausa antes de que yo le preguntara con aire indiferente qué había de nuevo. Pero el muy bandido conocía la general curiosidad, y le gustaba darse importancia; emitió dos o tres frases que querían ser sibilinas, alegó ignorancia para hacernos sospechar que sabía algo, y nos dejó convencidos —hablo por mí— de que estaba tan *in albis* como los demás, sólo que le habrían dado instrucciones de cerrar el pico, no decir ni pío, no mentar siquiera el asunto, de no bordar, siquiera por esta vez, los previsibles escollos en el cañamazo de su emisión noticiosa vespertina.

III

Después de eso, comenzaron a pasar días sin que se produjera novedad alguna. Pasaron dos, tres, una semana, y ¡nada! Pero ¿qué hubiera podido esperarse, tampoco? Es que la gente andaba ansiosa y desconcertada, como quien de pronto despierta. No en vano habíamos estado metidos de cabeza, todo un año, en aquella danza. Ahora, se acabó; un momento de confusión, y se acabó. Habían volado los pájaros. ¿Por dónde irían ya? ¿Qué harían después? ¿Desembarcarían en Lisboa, o seguirían hasta Southampton? De nada vale avizorar, volcados sobre el vacío. Desistimos pronto; debimos desistir, acogernos al pasado; y nos pusimos a rumiarlo hasta la náusea.

¡Qué difícil resulta a veces apurar la verdad de las cosas! Cree uno tenerla aferrada entre las manos, pero ¡qué va!: ya se le está riendo desde la otra esquina. Incluso yo, que —por suerte o por desgracia— me encuentro en condiciones de conocerlo mejor todo, y de juzgar con mayor ecuanimidad, yo mismo tengo que debatirme a ratos en una imprecisión caliginosa. El trópico es capaz de derretirle a uno los sesos. Repaso lo que personalmente he visto y me ha tocado vivir, y —pese a no haber perdido en ningún momento los estribos, cosa que quizá no puedan afirmar muchos otros— me encuentro lleno de dudas; no digamos, en cuanto al resto, a lo sabido de segunda mano... Y ¿qué es, en resumidas cuentas, lo que yo he visto y vivido personalmente? ¡Pobre de mí! La cosa no resultará muy lucida ni a propósito para procurarme satisfacción o traerme prestigio; pero ¡qué importa!, me decido a relatarlo aquí, adu-

32

ciendo siquiera un testimonio directo que entreabra en cierto modo a la luz pública los misterios de aquella tan frecuentada alcoba.

Es el caso que, por fin, me llegó a mí también el turno, y tuve que entrar en la danza, y hacer mi pirueta. Me había llegado el turno, sí; a mí me tocaba. Da risa, y era cuestión de no creerlo; pero ella protocolarmente había iniciado el baile con la primera autoridad de la colonia, cuyas respetables barbas cedieron pronto el paso, sin embargo, al no tan ceremonioso y, a la vez, menos discreto jefe superior de Policía; siguió en seguida el secretario de Gobierno, y así había continuado, escalafón abajo, con un orden tan escrupuloso que, de una vez para otra, todo el mundo esperaba ya la peripecia inmediata, señalándose con el dedo al presunto favorito del siguiente día. Tanta era su minuciosidad en este punto, y tan exquisito su tino como si obrara asesorada por el jefe de Personal de la compañía. A los impacientes, sabía refrenarlos poniéndolos en su lugar, y a los tímidos o remisos, hacerles un oportuno signo que los animaba a dar el paso adelante. Resulta divertido el hecho de que en un momento dado se llegaran a cruzar apuestas a propósito de Toño Azucena, cuya posición oficial parecía más que dudosa, con ingresos y, sobre todo, con una influencia en las altas esferas que no correspondía a su puesto administrativo. De muchas majaderías y disparates que hubo, no voy a hacerme eco; lo importante es que había sonado por fin mi hora, y tenía que cumplir. Me palmeaban la espalda, me gastaban bromas, me felicitaban, me jaleaban. En verdad, no era menester que me dieran un empujón. Yo sé bien cuándo debo hacer una cosa, y tampoco iba a echarme atrás para ser objeto de la chacota consiguiente. Se daba por descontado que yo, como tantos otros, solo en la colonia, me las arreglaría de vez en cuando —fácil recurso— con alguna de estas indígenas que merodeaban por acá; y es lo cierto que les tenía echado el ojo a dos o tres negritas de los alrededores con intención de, cualquiera de estos días en que el maldito clima no me tuviera demasiado deprimido... Pero ahora no se trataba de esas criaturas apáticas que contemplan a uno con lenta, indiferente mirada de cabra, sino de una real hembra y, además, gran señora, perfumada, ojos chispeantes. En fin, yo había visto acercárseme el turno con inquietud, con deseo, y ¿qué mejor oportunidad, y qué justificación hubiera tenido el no aprovecharla?

Estaba, pues, decidido, no hay que decirlo; y —lo que era muy natural— algo intranquilo, meditando mi plan de campaña, cuando ella misma vino a obviar los trámites al saludarme con amabilidad inusitada en ocasión de la Tómbola a beneficio de los Niños Indígenas Tuberculosos. Charlamos; se me quejó del aburrimiento a que se veía condenada en esta colonia horrible, de la insociabilidad de la gente («unos hurones, eso es lo que son ustedes todos»), y me invitó, en fin, a pasar por su casa «cualquier tarde; mañana mismo, si quiere», para tomar con ella una taza de té y ofrecerle en cambio un rato de conversación. «Bueno, le espero mañana, a las cinco», precisó al separarnos. Era, pues, cosa hecha; Smith Matías, con su risita y sus ojos miopes, me observaba desde lejos, y Bruno Salvador palmeó en mi hombro, impertinente, sus más cordiales felicitaciones. Era cosa hecha, y no voy a negar que me entró una rara fatiga en la boca del estómago, al mismo tiempo que un fuego alentador por todo el cuerpo. Aquella noche dormí mal; pero a la mañana siguiente amanecí muy dispuesto a no dejarme dominar por los nervios; en estos trances nada hay peor que los nervios; si uno se preocupa, está perdido.

Procuré durante el día mantener alejado cualquier pensamiento perturbador, y cuando, a las cinco en punto, llamé por fin a su puerta, salió ella a recibirme con la naturalidad más acogedora; para ella, todo parecía fácil. Le

tendí la mano, y me tomó ambas, participándome que mi
llegada era oportuna en grado sumo; pues la encontraba
en un día de, «no *spleen,* pobre de mí —regateó—, soy demasiado vulgar para eso», pero en un día negro, y ya no
aguantaba más la soledad: hubiera querido ponerse a dar
gritos. En lugar de ello, siguió charlando en forma bastante amena y voluble; y mientras lo hacía, me estudiaba a
hurtadillas. Paso aquí por persona leída; era una coque-
tería confesárseme vulgar, a la vez que confiaba a *spleen,*
la infeliz, el cuidado de desmentirla. Sonreí, me mostré
atento a sus palabras. Y al mismo tiempo que preparaba
mi respuesta, medía para mis adentros la tarea de desa-
brochar aquel vestido de colegiala, cerrado hasta el cuello
con una interminable hilera de botones, que había tenido
la ocurrencia de ponerse para recibirme. Sentado junto a
ella, envuelto en su perfume, en sus miradas, me invadía ya
esa sequedad de garganta y esa dejadez, ese temblor de las
manos, esa emoción, en fin, cuyo exceso es precisamente,
creo, causa principal de mis fracasos. Diríase que ella me
leía el pensamiento, pues, un poco turbada, se llevó la
mano a la garganta y sus dedos finísimos empezaron a
juguetear con uno de los botones; quizás mi manera de
mirar resultaba impertinente, y la azoraba. Yo ahora no
sabía ya dónde poner la vista. Me sentí desanimado de
repente, y casi deseoso de dar término, sea como fuere, a
la aventura. Pero ella, al notar mi embarazo (hoy veo claras sus tácticas), apresuró el asunto abriendo demasiado
pronto y de golpe el capítulo de las confidencias con una
queja del mejor estilo retórico, pero a la que hubiera sido
imposible calificar de discreta, por el abandono en que su
marido la tenía, seguida de la pregunta: «¿Es que yo merezco esto?», cuya respuesta negativa era obvia. ¡Pues no
otra resultaba ser, sin embargo, la triste realidad de su
vida! Aquel hombre, no contento con el más desconside-
rado alarde de egoísmo, por si fuera poco el tenerla tan

olvidada y omisa, el obligarla a pasarse la existencia sola en este horrible agujero de la selva, todavía la privaba con avaricia inaudita (duro era tener que descender a tales detalles); la privaba, sí, hasta de esas pequeñas satisfacciones de la vanidad, el gusto o el capricho que toda mujer aprecia y que, en su caso, no serían sino mezquina compensación a su sacrificio.

Así, de uno en otro, depositó sobre mí tan pesado fardo de conyugales agravios, que pronto no supe qué hacer con ellos, sino asentir enfáticamente a sus juicios y poner cara de circunstancia. Arrebatada en su lastimero despecho, apoyó sobre mi rodilla una de sus lindas manos, a la vez que me disparaba nueva serie de preguntas (retóricas también, pues ¿qué respuesta hubiera podido darle yo?) acerca de lo injusto de su suerte; de modo que me creí en el caso de cogerle esa misma mano y encerrarla como un pájaro asustado entre las mías cuando, con toda vehemencia —y, en el fondo, no sin convicción— concedí lo bien fundado de sus alegatos.

Digámoslo de una vez, crudamente: sus tácticas triunfaron en toda la línea. Concertamos solemne pacto de amistad y alianza, cuya sanción, sin embargo, quedó aplazada para el siguiente día a la misma hora, en que debía cobrar plena efectividad al llevarle yo, como le llevé, una gran parte de mis ahorros. Por lo demás —también debo confesarlo—, ese dinero lo gasté en vano. Pero mía fue la culpa, que me obstino, a prueba de desengaños, en lo imposible, siempre de nuevo. Y es que ¡sería tan feliz yo si, una vez siquiera, sólo una, pudiera demostrarme a mí mismo que en esto no hay nada de definitivo ni de irreparable; que no es, como estoy seguro, sino una especie de inhibición nerviosa cuyas causas tampoco se me ocultan! Pero ¡pasemos adelante! La cosa no tiene remedio. Gasté en vano mi dinero, y eso es todo. De cualquier modo debo reconocer, aún hoy, que esta mujer, a la que tanto vilipendian, se portó conmigo de la manera más gentil, lo mismo durante aquella primera tarde que en la penosa entrevista del siguiente día, cuando el lujo de nuestras precauciones y la cuantía del obsequio que le entregué encerrado en discreta billetera de gamuza, sirvieron tan sólo para ponerme en ridículo y dejar al descubierto la vanidad de mis pretensiones galantes. Ni una palabra de impaciencia, ni una alusión burlesca, ni siquiera esas miradas reticentes que yo, escarmentado, me temía. Al contrario, recibió mis disculpas con talante tan comprensivo y le quitó importancia a la cosa en manera tan benévola y hasta diría tierna, que yo, conmovido, agitado, desvariando casi, le tomé los dedos de la mano con que me acariciaba, distraída, las sienes, y se los besé, húmedos como los tenía del sudor de mi frente. Más aún: viendo la asustada extrañeza de sus ojos al descubrir en los míos lágrimas, le abrí mi corazón y le revelé el motivo de mi gratitud; ella —le dije— acariciaba suavemente las sienes, donde otra, con ínfulas de gran dama, había implantado un par de hermosos cuernos tras de mucho aguijarme, zarandearme y torturarme a cuenta de mi desgracia, debilidad nerviosa, o lo que fuera. Esa expresión usé: «un par de hermosos cuernos»; y sólo después de haberla soltado me di cuenta de que también ella, según entonces creíamos, estaba engañando a su marido. Pero yo tenía perdido el control. Le conté todas mis tristes, mis grotescas peripecias conyugales, me desahogué. Nunca antes me había confiado a nadie, ni creo volver a hacerlo en el futuro. Aquello fue una confesión en toda regla, una confesión general, desde el noviazgo y boda (aún me da rabia recordar las bromas socarronas de mis comprovincianos sobre el braguetazo —sí, «braguetazo», ¡qué ironía!—) hasta que, corrido y rechiflado, me acogí por fin al exilio de este empleo que, para mayor ignominia, me consiguiera el fantasmón de mi suegro. Esta buena mujer, Rosa, me escuchó atenta y compadecida; procuró calmarme y —ras-

go de gran delicadeza— me confió a su vez otra tanda de
sus propias cuitas domésticas que, ahora lo comprendo,
eran pura invención destinada a distraerme y darme con-
suelo. Y, sin embargo —pienso—, ¿no habría algo de verdad, desfigurada si se quiere, en todo aquello? Pues el
caso es que en esos momentos, cuando ya ella no esperaba
nada de mí ni yo de ella, depuestas toda clase de astucias
de parte y parte, conversamos largo rato con sosegada
aunque amarga amistad, y su acento era, o parecía, since-
ro; estaba desarmada, estaba confiada y un tanto deprimi-
da, tristona. Nos separamos con los mejores sentimientos
recíprocos, y creo que, en lo sucesivo, fue siempre un
placer para ambos cambiar un saludo o algunas palabritas.

Voy a referir aquí, abreviadas, las que Rosa me dijo
entonces, pues ello importa más a nuestra historia que mis
propias calamidades personales. En resumen —suprimo los
ratimagos sentimentales y digresiones de todo género—,
me describió a su marido —entiéndase: Robert— como
un sujeto de sangre fría, para quien sólo el dinero existía
en el mundo. Áspero como las rocas, taciturno, y siempre
a lo suyo, vivir a su lado resultaba harto penoso para
una mujer sensible. ¿Podría yo creer que esa especie de
hurón jamás, jamás tuviera para ella una frase amable,
una de esas frasecitas que no son nada, pero que tanto
agradan a veces? Se sentaban a la mesa, y eran comidas
silenciosas; inútil esforzarse por quebrar su actitud tacitur-
na, aquel adusto y malhumorado laconismo, que tampoco
acertaba ella a explicarse, pues, señor, ¿no estaba consi-
guiendo cuanto se proponía, y no marchaban todos sus
planes a las mil maravillas? Por otro lado —éste era el
otro lado de la cuestión, desde luego—, por otro lado, para
más complicar las cosas, ahí estaba el pesado Ruiz Abarca,
el inspector general, acosándola de un modo insensato...
Como quien se dirige a un viejo amigo y consejero, me
confió Rosa sus problemas. Verdad o mentira (las mujeres

tienen siempre una reserva de lágrimas para abonar sus afirmaciones), me informó de que Abarca, con quien había incurrido en condescendencias de que ahora casi se arrepentía, estaba empeñado nada menos que en hacerle abandonar a Robert para huir con él a cualquier rincón del mundo, no le importaba dónde, a donde ella quisiera, y ser allí felices. «Por lo visto —explicó Rosa—, se le ha entrado en el cuerpo una pasión loca, o capricho, o lo que sea; el demonio del hombre es un torbellino, y si yo dijera media palabra se lanzaba conmigo a semejante aventura, que a saber cómo terminaría». Eso me contó, entre halagada y temerosa. Si supiera, la pobre, que este adorador y rendido suspirante la pone ahora como un guiñapo y no encuentra insultos lo bastante soeces para ensuciar su nombre... Pero a las mujeres les gusta creérselo cuando alguien se declara dispuesto a colocar el mundo a sus plantas; ella se lo había creído de Abarca. «Hacerle caso, ¿no sería estar tan loca como él?», se preguntaba, y quizá me preguntaba, con acentos de perplejidad... Y lo cierto es que no daba la impresión de mentir. Ya el día antes, en ocasión de mi primera visita y, por supuesto, con un tono muy diferente, me había ofrecido pruebas del entusiasmo generoso del inspector general luciendo ante mis ojos el solitario brillante de una sortija, regalo suyo. «Imprudencia que me compromete», había comentado. Gracias a que el otro (es decir: Robert) prestaba tan escasa atención a sus cosas, que ni siquiera repararía, segura estaba, si se lo viese puesto. «Sé que hago mal —reconoció— aceptando galanteos y regalos, pero soy mujer, y necesito de tales homenajes; peor para el otro si me tiene abandonada», sonrió con un mohín que quería ser delicioso, pero que a mí, francamente, me pareció forzado y ¡sí! un poco repulsivo. En seguida había puntualizado, con la intención manifiesta de instruirme: «De todas maneras, es una imprudencia regalarle joyas a una mujer casada; yo misma sabré, llegado el caso, lo que hago con el dinero, y cómo puedo gastarlo discretamente». Por supuesto que tomé buena nota y procedí en consecuencia; pero cuando al otro día volvió a hablarme de Abarca y de sus requerimientos insensatos, ya lo mío estaba liquidado, ya no tenía ninguna admonición que hacerme y, en cambio, conducida por el espectáculo de mi propia miseria a un ánimo confidencial, se abandonó a divagaciones sobre cómo son los hombres, y conflictos que crean, sobre lo peliagudo que es decidirse a veces, en ciertas situaciones. «Se presentan ellos muy razonables, con su gran superioridad y todo parece de lo más sencillo; pero luego muestran lo que en el fondo son: son como niños, criaturas indefensas, caprichosas, tercas, irritantes, incomprensibles. Y la responsabilidad entera recae entonces sobre una. ¿Por qué no la dejan a una tranquila? ¡Qué necesidad, Señor, de complicarlo todo!» Recostada, algo ausente, hablaba como consigo misma, sin mirarme, sin dirigirse a mí; y yo, a su lado, observaba el parpadeo de su ojo izquierdo, un poquito cansado, con sus largas pestañas brillantes. Si su propósito había sido distraerme de mi congoja, lo consiguió. Un rasgo hermoso, un proceder digno, humano, que le agradeceré siempre, aun cuando hoy sepa cuánto puede haber contribuido a esa conducta la falta de interés en mi humilde persona.

Gasté, pues, mi dinero —el dinero que tenía reservado para comprar ese automóvil que tanto necesito (soy uno de los poquísimos socios del Country Club que todavía no lo tienen)—, me lo gasté en vano y, a pesar de todo, no me duele. Cuando menos, compré el derecho a figurar en la lista y en el banquete de despedida, y a pasar inadvertido, como uno de tantos, lo que no es poca cosa.

Al fin y al cabo, me parece ser el único en la colonia que puede pensar en Rosa sin despecho, y recordarla con simpatía.

IV

Sólo quien conozca o pueda imaginarse la vacuidad de nuestra vida aquí, los efectos de la atmósfera pesada, caliginosa y consuntiva del trópico sobre sujetos que ya, cada cual con su historia a cuestas, habíamos llegado al África un tanto desequilibrados, comprenderá el marasmo en que nos hundió la desaparición del objeto que por un año entero había prestado interés a nuestra existencia. Durante ese tiempo, nuestro interés había ido creciendo hasta un punto de excitación que culminaría con el banquete célebre. Pero vino el banquete, estalló la bomba, y luego, nada; al otro día, nada, silencio. Muchos no pudieron soportarlo, y comenzaron a maquinar sandeces. Es cierto que, al esfumarse, la dichosa pareja nos dejaba agitados por demás, desconcertados, descentrados, desnivelados, defraudados, desfalcados. Y así, tras haber derrochado su dinero, muchos se pusieron a derrochar ahora caudal de invectivas, y a devanarse los sesos sobre el paradero de los fugitivos. Pero dsicutir conjeturas no da para mucho, y los insultos, cuanto más contundentes, antes pierden su efecto si caen en el vacío. Así, al hacerse ya tedioso el tema de puro repetido, Abarca cerró un día el debate a su modo, y le puso grosera rúbrica repitiendo aquel gesto memorable con que ella había rechazado la noche del banquete su insolencia de borracho. «¡Bueno, para ella! —exclamó, furiosamente erguida la diestra mano—. Y ahora señores, a otra cosa». Fue como una consigna. Salvo alguna que otra recurrente alusión, cesó en nuestro grupo de mencionarse el asunto.

Mas, no hay duda: a la manera de esos enfermos que

41

sólo abandonan una obsesión para desplegar otro síntoma sin ninguna relación aparente, pero que en el fondo representa su exacta equivalencia, los muchos disparates que por todas partes brotaron, como hongos tras la lluvia, eran secuela suya, y testimonio de la turbación en que había quedado la colonia.

También correspondió al inefable Ruiz Abarca la iniciativa en la más famosa de cuantas farsas y pantomimas se desplegaron por entonces. Abarca es, en verdad, un tipo extraordinario: lo reconozco, aunque yo no pueda tragarlo; a mí, los bárbaros me revientan. Siempre tiene él que estar en actividad, de un modo u otro, y nunca para desempeñar un papel demasiado airoso. Esta vez la cosa era hasta repugnante. Existe por acá la creencia, cuyo posible fundamento ignoro, de que para ciertas festividades que, poco más o menos, coinciden con nuestras Navidades, acostumbran los indígenas sacrificar y asar un mono, consumiéndolo con solemne fruición. Los sabedores afirman, muy importantes, que eso es un vestigio de antropofagia, y que estos pobres negros devoraban carne humana antes de fundarse la colonia; actualmente se reducían, por temor, a esos supuestos banquetes rituales que, a decir verdad, nadie había presenciado, pero de los que volvía a hablarse cada año hacia las mismas fechas, con aportación a veces de testimonios indirectos o de indicios tales como haberse encontrado huesos mondos y chupados, «parecidos a los de niño, que no pueden confundirse ni con los de un conejo ni con los del lechón». También pertenecía a la leyenda el aserto siguiente: que un solo blanco, Martín, conocía de veras los repugnantes festines y participaba en ellos. Se contaba que en cierta oportunidad, sin prevenirlo, le habían dado a probar del insólito asado, y como hallara sabrosa la carne, le aclararon su procedencia; él, sin dejar de balancearse en la hamaca, había seguido mordisqueando con aire reflexivo la presa, y de este modo ingresó, casi de rondón, en la cofradía. Al infeliz Martín le colgaban siempre todas las extravagancias; era su sino... Pues bien, este año salió a relucir, como todos, la consabida patraña, y a propósito de ella se repitieron los cuentos habituales; unos, dramáticos: la desaparición de una criatura de cinco años que cierto marinero tuvo la imprudencia de traerse consigo; y otros, divertidos: el obsequio que al primer gobernador de la colonia, hace ya muchísimos años, le ofreció el reyezuelo negro, presentándole ingenuamente un mono al horno, cruzados los brazos sobre el pecho como niño en sarcófago. Volvieron a oírse las opiniones sesudas: que toda esta alharaca no era sino prejuicios, pues bien comemos sin extrañeza de nadie animales mucho más inmundos, ranas, caracoles, los propios cerdos, etc.; se discutió, se celebraron las salidas ingeniosas de siempre, se rieron los mismos chistes necios. Y fue en el curso de una de tales conversaciones cuando surgió la famosa apuesta entre el inspector Abarca y el secretario de Gobierno sobre si aquél sería capaz o no de comer carne de mono.

Abarca, más bebido de lo justo, según costumbre, se obstina en sostener que no hay motivo para hacerle ascos al mono cuando se come cerdo y gallina, animales nutridos de las peores basuras; cuando hay quienes se pirran por comer tortugas, calamares, anguilas, y quienes sostienen muy serios que no existe carne tan delicada como la de rata. ¿Por qué aceptar cabrito u oveja, y rechazar al perro? Los indios cebaban perros igual que nosotros cebamos lechones... Y al argumentarle uno con el parentesco más estrecho entre el hombre y el simio, él, con los ojos saltones de rabia cómica, arguyó: «Ahí, ahí le duele. Lo que pasa es que a todos nos gustaría probar la carne humana, y no nos atrevemos. Por eso tantas historias y tanta pamplina con la cuestión de los macacos.» «Usted, entonces —le preguntó el secretario de Gobierno—, ¿sería capaz de meterle el diente a un macaco?» «¿Por qué no? Sí, señor.»

43

«¡Qué va!» «Le digo que sí, señor.» «Eso habría que verlo.» «¿Qué se apuesta?»

Resultó claro que Ruiz Abarca, no obstante su estado, se las había arreglado para, con mucha maña, llevar de la nariz al secretario de Gobierno a cruzar con él una apuesta absurdamente alta; tanto que, luego, en frío, al darse cuenta del disparate (pues, ¿cuándo iba a cobrarle a Abarca, si ganaba?; y si perdía...), quiso el hombre volverse atrás. Pero ya era demasiado tarde. Al otro día, tanteó: «Bueno, amigo Abarca, no piense que le voy a tomar la palabra con lo de anoche; quédese en broma», con el único resultado de reforzar todavía la apuesta y establecer la fecha y demás condiciones, para regocijo del ilustre senado, cuya expectación había aprovechado el inspector a fin de picar y forzar a su contrincante. Abarca es, desde luego, un tipo brutal, pero no tiene pelo de tonto; y esta maniobra le salió de mano maestra. Por lo pronto, sugirió un plazo prudencialmente largo de modo que tuviera tiempo de crecer y cuajar la curiosidad de la colonia entera ante la perspectiva del acto sacramental en que el señor inspector general de Administración se engullera, en la cantina de Mario y en presencia de todos nosotros, medio mono asado, pues en esto consistía la condición: había de cenarse medio monito, excluida, eso sí, la cabeza; lo cual, entiéndase, no supone cantidad excesiva de carne; estos macacos de por acá son chiquitines y muy peludos; una vez desollados, abultarán quizá menos que una liebre. Mientras corría el plazo, la cantina se convirtió casi en el centro de la moda, y el cantinero, que durante este tiempo hizo su agosto, en una especie de héroe vicario, de quien se solicitaban detalles buscándole la cara. «Oye, Mario, ¿cómo van los preparativos? No le servirás al señor inspector un vejestorio de huesos duros...» O bien: «Pero, dime, en el mercado no se venden monos. ¿Cómo te vas a conseguir la carne?» «Él se subirá a los árboles para cazarlo, ¿verdad, Mario?» «Quién sabe si no se pone de moda ese plato.» «Y tú, como buen cocinero, tendrás que probar el guiso...» A él, halagado, personajísimo, se le perdían de gusto los ojos menuditos con reticente sorna.

La cantina comenzó a funcionar pronto a manera de bolsa donde se concentraban las apuestas; hasta llegó a publicarse allí, sobre una pizarra *ad hoc,* la cotización del día. El apostar es (lo ha sido siempre) una de las pasiones y mayores entretenimientos de esta colonia; y, alrededor de la apuesta inicial entre Abarca y su ilustre antagonista, se tejió en seguida una red cada vez más tupida de otras apuestas secundarias a favor de uno y otro; se formaron partidos, claro está, y tampoco faltaron discusiones, broncas, bofetadas. Aquélla había pasado a ser ahora la gran cuestión pública, el magno debate, y hasta parecía olvidado por completo el asunto de los esposos Robert. No es de extrañar, pues, que Mario, el cantinero, individuo vivo si los hay, oliéndose el negocio, organizara en su propio beneficio el control de las apuestas y se hiciera banquero de aquella especie de timba por cuya momentánea atracción quedaron desiertas incluso las habituales mesas del Country Club. De dónde sacó dinero efectivo para hacer frente a las diferencias de cotización, o cómo salió adelante, es cosa que nadie sabe; había oscilaciones temerosas, verdaderos vuelcos, provocados en gran parte —hay que decirlo—, o acicateados por la intervención de Toñito Azucena desde la radio. Manejado el tema en el tono semihumorístico y pintoresco de su amena «Charla social del mediodía», actuaba sobre la impresionante atmósfera de la colonia, e inclinaba las preferencias públicas ya en un sentido, ya en otro. Era aquél, desde luego, un modo escandaloso de influir sobre las apuestas, y había quien afirmaba no comprender cómo se consentían maniobras tales. Otros contaban maliciosamente que el secretario de Gobierno había sugerido al gobernador la conveniencia de poner fin, de una vez por todas, al asunto, prohibiendo las apuestas que él mismo —era cierto, lo reconocía, no le dolían prendas— había tenido la imprudencia de contribuir a desencadenar. Y llegaba a referirse, como si alguien hubiera podido presenciar la escena, que su excelencia sonrió tras de su barba y dijo: «Veremos», sin adoptar providencia alguna.

Así corrieron los días y llegó por fin el fijado para ventilar la apuesta. El rumor de que Abarca abandonaba el campo y se rajaba, sensación primera de aquella agitadísima jornada, no tuvo origen, sin embargo, en la emisión de Toño, ni llegó a oídos de la gente a través del éter. Parece más bien que la locuacidad de alguna sirviente dejó trascender el dato de que nuestro hombre había comenzado a sentirse indispuesto la noche antes, con dolores de estómago y ansias de vomitar. Sonsacado el ordenanza de su despacho oficial, confirmó hacia el mediodía que, en efecto, el señor inspector general se había entrado al retrete no menos de tres veces en el curso de la mañana, y que presentaba mal semblante, más aún: que había pedido una taza de té. Fácil es imaginarse la ola de pánico suscitada por la difusión de estas noticias, y cómo se fueron por los suelos sus acciones. Ya desde primera hora de la tarde se ofrecían a cualquier precio los boletos a favor suyo, y al cerrarse las apuestas aquello resultó una verdadera catástrofe, presidida y apenas contenida por la flema de Mario, cuyos blancos y gordos brazos desnudos, se movían sin cesar tras de la caja registradora, sin que se mostrara en su persona otro signo de emoción que cierta palidez de las mejillas bajo los rosetones encarnados. Atareado, taciturno e indiferente, hacía los preparativos para el acto de la cena, sin que Abarca hubiera dado en toda la tarde señales de existencia.

Ya sólo faltaba media hora, y los dependientes de la cantina, medio atontados, no daban abasto despachándoles

bebidas a los curiosos que entraban para echar una mira-
dita a la mesa, aparejada en un rincón de la gran sala-co-
medor con su buen juego de cubiertos y un florero donde
—¿alusión pícara del cantinero?— lucía una solitaria rosa
escarlata sobre la blancura del mantel. Estaba dispuesto
que al acto mismo de la cena sólo pudieran asistir los testigos de la apuesta, senado que integrábamos los socios del
Country en representación de la colonia entera, interesada
en el lance. Una espesa multitud, apiñada en la plaza, frente a las puertas de la cantina, señaló con un repentino silencio, seguido de rumores, la llegada de Abarca, que, muy
orondo y diligente, conducía su automóvil despacito por
entre el gentío, sin muestra alguna de dolencia ni de vacilación. ¡A cuántos que, todavía la víspera, anhelaban su
triunfo no se les vino ahora el alma a los pies viendo el
aire fanfarrón con que acudía al campo del honor, y mal-
decían el haberse dejado arrastrar del pánico!

El secretario de Gobierno tomaba unas copas, a la espera de su contrincante; y al verle entrar se levantó, un
poco demudado, para acudir a saludarlo caballerescamente.
Los demás, nos agrupamos todos alrededor de ambos.
Abarca sonreía con aire satisfecho, como quien quiere dar
la sensación de perfecto aplomo. «¿Qué hay, Mario? ¿Cómo va ese asado?», le gritó al cantinero con su voz esten-
tórea. Y éste, confianzudo: «Se va a chupar los dedos»,
le prometió desde dentro.

Es una tontería, y parecerá increíble, pero había emoción pura, por el juego mismo, independiente de las consecuencias crematísticas que su resultado tendría para cada
cual. Sentóse Abarca a la mesa, apartó el florero, se sirvió
un vaso de *whisky*, y de un trago lo hizo desaparecer. Desde luego, se veía ya que iba a ganar la apuesta; la sonrisa
forzada del secretario de Gobierno lo estaba proclamando
sin lugar a dudas.

«¿Le traigo algunos entremeses para hacer boca?», preguntó Mario acercándose a la mesa de Abarca. El cantinero se había aseado; ostentaba impecable chaqueta blanca. «No, no —le ordenó el inspector general—. Tengo mucho apetito. Entremos por el plato fuerte; venga el asado». Se hizo un silencio tal, que hubiera podido oírse el vuelo de una mosca. Y Mario, que había hecho mutis tras una reverencia, reapareció en seguida portando con gran pompa e importante contoneo una batea, que presentó primero a la concurrencia y luego puso bajo las narices de Abarca. Descansando entre zanahorias, papas bien doradas y cebollitas, yacía ahí el macaco asado. «Miren cómo se ríe con sus dientecillos —comentó Abarca—. ¡Hola, amiguito! ¿Estás contento? Pues ahora verás tú cómo papá no te hace ascos». Y esgrimió, ante la general expectación, tenedor y cuchillo. Pero en el mismo instante Mario sustrajo la batea. «Déjeme que yo se lo trinche», decidió perentorio, autorizado, inapelable; y se la llevó a la cocina para volver al poco rato con un plato servido, en el que varias presas de carne se amontonaban con zanahorias, cebollas y papas.

Nadie supo cómo protestar, aunque en muchas miradas se leía el descontento. Y luego, más tarde, en los días subsiguientes, tampoco lograron ponerse de acuerdo las opiniones sobre si había mediado fraude o no. La razón más poderosa que se aducía para suponer que no hubo escamoteo y que la carne consumida por el inspector fue, en verdad, la del mono, era ésta: que, siendo Abarca dueño de sus actos, bien hubiera podido embolsar de cualquier manera bastante dinero, si acaso no quería comerse el mono, por el sencillo procedimiento de apostar secretamente contra sí mismo, y darse por vencido a última hora, y perder la apuesta, pero ganar con la especulación a favor de su contrincante. Caímos —demasiado tarde— en la cuenta de que aquel bruto, a tuertas o derechas, nos había metido el dedo en la boca, y se había metido él en los bolsillos, a mansalva, una cantidad sobre cuyo monto se hacían diversos cálculos, pero que, de cualquier modo, debía de ser muy considerable. Se daba por cierto que en la dolosa maniobra había tenido por cómplice a Toñito Azucena y, según costumbre, no faltaba quien hiciera insinuaciones acerca del propio gobernador.

Aunque no hace a la historia, quiero referir el final —disparatado y sorpresivo— de aquella sensacional jornada. A pesar de todas las consignas, el gentío de afuera consiguió forzar la puerta e irrumpir en la cantina, cuando a alguien, no sé bien, se le había ocurrido la argucia y estaba proponiendo —tal vez como recurso de *habeas corpus* para requerir de nuevo la presencia del asado ante el tribunal de la apuesta— que la mitad restante del mono se le llevara en obsequio a Martín, de quien era fama apreciaba mucho el estrambótico manjar; y la propuesta, aclamada por la plebe, fue consentida por el senado. Mario, tras un instante de vacilación, se retiró, presuroso, a la cocina y no tardó mucho en volver a salir con una fuente donde se ostentaban algunos miembros y la cabeza del zarandeado animal. Fue el payaso de Bruno Salvador, que, por supuesto, estuvo maniobrando hasta alcanzar la primera fila, quien se apoderó entonces de la fuente y encabezó la turbulenta procesión hacia la vivienda del viejo Martín, allá en el límite del negrerío. Nadie se esperaba lo que ahí íbamos a encontrarnos. El pobre Martín estaba tendido entre cuatro velas, muy respetable con su barba blanca, cruzadas las manos sobre el vientre, en el piso de la cocina. Había muerto aquella siesta, y un enjambre de muchachos admiraba por las ventanas el imponente cadáver. De los restos del asado, no sé qué se hizo en medio de la batahola.

V

Igual que algunas otras insensateces de aquellos días, el episodio de la apuesta —ya lo señalé— podía interpretarse como desahogo colectivo y válvula de escape al quedar clausurado, taponado, diríamos, y sin perspectivas de nuevo desarrollo el asunto el pseudomatromino Robert, que por tantos meses había sido obsesión de la colonia. Pronto pudo comprobarse, sin embargo, que la relación entre una cosa y otra no era de especie tan sutil, sino bastante más directa. Cuando Ruiz Abarca solicitó y obtuvo licencia para viajar a Europa, y tomó el avión sin apenas despedirse de nadie, ya todo el mundo sabía que marchaba en pos de Rosa, la apócrifa señora del director de Embarques. Y que para eso, precisamente, para irse a buscarla, había urdido, con entera premeditación, la trama que lo proveería de fondos y que, en efecto, debió de proporcionarle un dineral: pues lo necesitaba; no podía privarse de aquella mujer. Por consiguiente, el viaje de Abarca volvió a poner sobre el tapete la cuestión que —demasiado pronto— habíamos dado por conclusa.

No mucho después de ventilarse la famosa apuesta, compareció Smith Matías una mañana en la cantina, donde estábamos unos cuantos refrescándonos con jugos de piña, y derramó sobre nuestras cabezas la noticia del permiso recién obtenido por el inspector general, quien, además y por si fuera parva la suma cosechada a costa de la estupidez humana —completó el faraute— acababa de malvenderle su automóvil al comisario de la Vivienda Popular, a la vez que —para colmo— levantaba en Contaduría un anticipo de seis mensualidades sobre sus emolumentos. Smith Matías se mostraba escandalizado: jamás antes habían sido autorizados préstamos semejantes, y menos a un tipo —dijo— que se ausentaba de la colonia, probablemente con ánimo de no volver más. «Eso, no; volver, vuelve», supuso, guiñando el ojo, Bruno Salvador. «Son muy sabrosos los gajes de la Inspección», corroboró otro. Y yo, por decir algo, aventuré: «Pues ¡quién sabe!» «No vuelve —aseguró entonces, rotundo, Smith (este diálogo, lo recuerdo muy bien, era mi primera noticia del nuevo curso de los acontecimientos o, mejor, de la nueva faz que mostraba el asunto)—. No vuelve —repitió, reflexivo—, a menos que...» «Que ¿qué? No se haga el enigmático, hombre», le exhorté yo con alguna impaciencia, pues es lo cierto que había conseguido tenernos pendientes de sus labios. Él sonrió: que no sabía nada de fijo. Y acto seguido, mediante innecesarias perífrasis, lanzó a la circulación la especie de que Abarca iba decidido a encontrar a Rosa aun debajo de la tierra, y a apropiársela a cualquier precio, así tuviera que acuñar moneda falsa para conseguirlo. Por lo visto, después que ella desapareció haciéndole un corte de mangas, se le había metido eso al hombre entre ceja y ceja; cuestión de amor propio, sin duda, pues la escena del banquete lo tenía humillado, y no podía digerirla. Para desquite, se proponía traer ahora a *la Damisela Encantadora,* y exhibirla ante nosotros, atada con cadenas de oro a su carro triunfal.

Mientras así adornaba, interpretaba y desplegaba Smith Matías la noticia de que era dueño, Bruno Salvador había compuesto en su rostro la expresión socarrona propia de quien sonríe por estar mejor enterado, hasta que, habiéndolo notado el otro, le interpeló con aspereza: «¿Acaso no era cierto?»; y Bruno, que no aguardaba más, emitió entonces una estupenda versión personal de los hechos, versión que —seguro estoy, pues le conozco el genio— acababa de ocurrírsele en aquel momento mismo. «Cierto es —sentenció— que va en busca de la pendeja; pero no por cuenta propia»; se quedó callado: punto. «¿No por cuenta propia?», repitió, todavía agresivo, aunque algo perplejo, Smith Matías. Todos habíamos percibido de inmediato a dónde apuntaba la insinuación; y quizá lo que más mortificaba a Matías es no haber pensado antes él en hipótesis tan bonita. «Pues ¿por cuenta de quién, si no? Dilo.» Bruno se demoró en contestar. Dominaba por instinto el arte histriónico de las pausas, suspenso y demás trucos y zarandajas. Luego, el muy mamarracho, no sé cómo se las compuso para fraguar con los pellejos de su cara un gesto que reproducía la expresión, que retrataba inconfundiblemente a nuestra primera autoridad. Esa fue su respuesta. Rompimos a reír todos —incluso Smith Matías tuvo que reírse de mala gana—, mientras él, solemne, rígido, continuaba imitando con los dedos abiertos la barba en abanico de su excelencia. Bruno Salvador es un verdadero payaso; y su hipótesis, por supuesto, descabellada. Yo exclamé: «¡Qué disparate!», y Smith Matías me agradeció en su fuero interno no haber dado crédito a la versión de su compinche. Pero éste, que se había entusiasmado con su propia ocurrencia, empezó a defenderla por todos los medios, desde el argumento de autoridad («Lo sé de buena tinta; si yo pudiera hablar...») hasta razones de verosimilitud montadas sobre la supuesta salacidad del viejo farsante, «que, con toda su prosopopeya, es el tío un buen garañón...» «Un buen bujarrón es lo que es», reventó de improviso a espaldas nuestra la voz destemplada del cantinero, quien, acodado en su mostrador, había estado escuchando sin decir palabra. Ahora, de repente, va y suelta eso, y se mete para dentro de muy mal talante, dejándonos pasmados. ¡Cualquiera sabe lo que puede cocerse en un meollo así!

Y de este modo fue como yo supe que Abarca levantaba el vuelo en pos de nuestra ninfa. La noticia me sacudió hondo. Se me vino a la memoria en seguida algo que, en forma vaga, envuelta y sibilina, me había dicho el finado Martín poco antes de su repentina muerte, y a lo que yo entonces no presté mucha atención (era el momento sobresaliente de la apuesta), pero que ahora, al unirse con todo lo demás, se coloreaba y adquiría relieve. Era, repito, en los días culminantes de la apuesta, y todos los ojos estaban fijos en Abarca. Cierta noche, en que el calor no me dejaba pegar los míos, tras mucho revolverme en la cama vacilando entre el sofoco del mosquitero y la trompetilla irritante de los mosquitos, decidí por fin huir, echarme a la calle y encaminarme al puerto en busca de alguna brisa que calmara mis nervios. Por inercia, emprendí, sin embargo, la ruta acostumbrada, y en seguida (¡qué fastidio!) me encontré metido en las callejas malolientes, entre las sórdidas barracas de los negros, cargadas de resuellos. Apresuré, pues, el paso hacia más despejados parajes, y pronto me hallé en la «frontera», ante la terracita de Martín, donde, a aquellas horas, con sorpresa y disgusto, encontré a Martín mismo chupando como siempre la sempiterna pipa. Mis «buenas noches» resonaron en la oscuridad; le expliqué cómo el calor no me dejaba conciliar el sueño; aunque ya veía yo que no era a mí solo... Él sonrió; la luna fingía —o quizás, simplemente, iluminaba— en su cara una alegre mueca maliciosa. ¡Pobre Martín! Hablamos de todo un poco, no recuerdo bien, diciendo unas cosas y pensando en otras diferentes. ¿A propósito de qué deslizó él sus curiosas apreciaciones relativas al inspector general, esas frases que ahora, cuando ya la boca que las pronunció está atascada de tierra, venían a cobrar significado? Lo peor es que no consigo reconstruirlas por completo. Fue como si hubiera querido dar a entender que Abarca estaba embrujado por las artes de nuestra encantadora Rosa. «Mientras ella está lejos, y la gente duerme, y nosotros charlamos aquí, él —dijo— derrama en su escondite lágrimas de fuego». Y, en otro momento, afirmó: «Tendremos boda». Esta última frase se me quedó grabada, por absurda. Y también dijo que nos faltaba, aquí en la colonia, una reina o especie de cacica blanca, para consolar, defender y salvar a los infelices indígenas; algo así dijo también. No hice caso ninguno a sus chifladuras, pobre Martín. A él nadie iba a salvarlo: no comería ya el pastel de ninguna boda, ni probaría siquiera el asado de la apuesta. Aun su resultado iba a quedarse con las ganas de saberlo: pocos días después, estaba ya él comiendo tierra, y dispersa como puñado de moscas su patulea de chiquillos. Pero ¿cómo iba uno a imaginarse en aquel momento que ya no volvería a ver más en vida al bueno de Martín?... Apenas había prestado atención yo a lo que me decía; me desprendí de él, seguí adelante y, pronto, otro curioso encuentro me hizo olvidarlo por completo. Daba ya vuelta a la plaza desierta cuando, en aquel silencio tan grande, oigo de improviso ruido de unos goznes, y me detengo a mirar: era la cantina de Mario, que se abría para dar salida a alguien. ¿Quién, a tales horas? Desde el ángulo de sombra en que yo estaba, veo surgir por el resquicio de la puerta entreabierta una figura que, a la luna, reconocí de inmediato: era Toño Azucena; Toño riendo en falsete, con palabras confusas, mientras que a su espalda el cantinero —visto y no visto— encajaba otra vez, despacito, la puerta. Aquello me intrigó. En la manera caprichosa, imprecisa y casi espectral propia del insomnio, me puse a darle vueltas; y ya no me acordé más de las frases, también insensatas, dichas por Martín, hasta que, ahora, las novedades sobre Ruiz Abarca vinieron a descubrirme algún sentido en ellas. Pero ahora, a duras penas lograba juntar y reconstruir sus fragmentos.

Me maravillo de cómo el vejete, sin moverse nunca de su hamaca, así siempre, podía saberlo todo. Parecía que adivinara, o que los ojos y oídos de los sirvientes hubieran estado espiando a la colonia para tenerlo a él bien al tanto. ¿Sabría lo mío también? Bueno, ya él está bajo tierra. Por lo demás, sería absurdo suponerle virtudes sobrehumanas. Pero, de cualquier manera, no dejaba de resultar asombroso que ¡ya entonces!, cuando nadie pensaba en ligar la apuesta del inspector general con el caso Robert, predijera con tanta certidumbre: «Tendremos boda». Más tarde se supo que Ruiz Abarca, hombre prepotente y astuto, sí, pero al mismo tiempo incapaz de refrenar sus impulsos, se había sincerado ante un grupito de sus íntimos, o quienes podían pasar por tales, y, para cohonestar sus intenciones curándose en salud, había dado a conocer, con el tono del que habla *ex abundantia cordis,* su propósito de demostrarle al mundo y demostrarle a ella —*ella,* naturalmente, era Rosa— que nadie se le resistía a él ni podía impedirle que se saliera con la suya. «Soy testarudo —parece que había proclamado, entre otros alardes y bravatas—, y no va a arredrarme dificultad ni convencionalismo alguno, así tuviera que suscribir un contrato de matrimonio; me río de formalidades, de papeluchos y demás pamemas», había deslizado entonces, disfrazando de ruda franqueza su cálculo. Si no se casaba, pues, con nuestra común amiga, no sería por falta de arrestos. Se ve que estaba muy resuelto a hacerlo; y quizá fuera verdad lo de las proposiciones, instancias y súplicas con que —según ella me confió en su ocasión— la asediaba; por lo visto, era verdad.

VI

No se casó, sencillamente, porque, cuando vino a dar con ella, la encontró casada ya.

Contra los pronósticos de quienes no creían que el inspector general se reintegrara a su puesto, Ruiz Abarca ha regresado; llegó esta mañana a la colonia. Muchos se sorprendieron al divisar su pesado corpachón sobre la cubierta del *Victoria II* que entraba en puerto, y la noticia corrió en seguida hasta difundirse por todas partes, antes aún de que hubiera podido desembarcar. Fácil es figurarse la impaciencia con que aguardábamos su aparición en la terraza del Country Club. Como es natural, para nosotros han sido las primicias.

En el tono ligero de quien, ocasionalmente, al relatar otros detalles de su viaje, trae a colación un episodio curioso, nos refirió —«¡Hombre, por cierto!»— que había tenido la humorada de averiguar el paradero del falso matrimonio Robert, «pues, como ustedes saben —puntualizó con repentina gravedad—, tenía cuentas que ajustarle a la famosa pareja. Pero, señores —e intercaló aquí una risotada fría—, mis cuentas personales, así como las de todos ustedes, están saldadas; se lo comunico para general satisfacción». Hizo una pausa y luego reflexionó, sardónico: «¡Lo que es la conciencia, caballeros! En el fondo, era un hombre de honor, y lo ha demostrado. ¿Saben ustedes que nuestro apreciado director de Expediciones y Embarques, el ilustre señor Robert, se ha endosado los cuernos que nos tenía vendidos, al contraer a posteriori justas nupcias con la honorable señora doña Rosa Garner, hoy su legítima y fiel esposa?... Su conducta —explicó— es comparable a la de quien expide un cheque sin fondos para luego acudir al Banco y apresurarse a hacer la provisión. Lo hemos calumniado, fuimos precipitados y temerarios en nuestros juicios; pues con este casamiento ha demostrado a última hora ser una persona decente e incapaz de defraudar al prójimo».

Hizo otros chistes, convidó a todo el mundo con insistencia, bebió como un bárbaro, repartió a los mozos del Club montones de dinero, y no ha parado hasta que, borracho como una cuba, cayó roncando sobre un diván. Allí sigue, todavía.

(1952)

LA BARBA DEL CAPITÁN

A esa edad ¡qué tonta puede ser una, Dios mío! Todavía hoy, aún no sé bien, ni me explico, por qué tuvo que afligirme tanto y me produjo una vergüenza tan grande, tan desesperada, hasta hacérseme inconciliable el mundo por su causa, aquella historia absurda de la barba, o alrededor de la barba; una historia confusa y disparatada cuyo chiste, si algo tenía, apenas podía entenderlo una mocosa boba, como era por entonces, y que, no obstante, hube de escuchar las mil y quinientas veces, repetida entre risotadas. ¡Dichosa barba del capitán Ramírez!

Hoy puedo pensar, y decir, y escribir: «una historia absurda»; y así es como, en efecto, la veo ahora; pero ¡cómo torturó en su día mi corazón tierno, y cuántas lágrimas debieron rendirle mis ojos recién abiertos a la vida! Quizá sea que los sentimientos se me han ido embotando con los años; ya soy una mujer, y no una niña; quizás —y esto es lo más seguro— no había motivo real para tanto drama, sino que yo desorbitaba y sacaba de quicio lo que en verdad no pasó nunca de ser una chacota cuartelera, burda si se quiere, y necia, sí, pero ni *malvada,* ni *cruel,* ni *atroz,* ni *espantosa,* ni *abominable,* ni cuantos adjetivos me brotaban entonces del pecho para quemarme la boca. ¡Pobre capitán Ramírez! ¿Qué habrá sido de él? ¿Por dónde andará a la fecha, con la estúpida de su mujer siempre a rastras, el infeliz? Han pasado los años; y ahora, casi en vísperas de mi boda, cuando también yo voy a ser ya toda una señora casada, en estos días de espera, concluidos los preparativos, me ha dado por recordar, quién sabe por qué, aquella temporada y aquel episodio secreto de mi infancia, aquellas pueriles ridiculeces mías. Lo recuerdo con un

59

poquito de bochorno, pero en el fondo sin desagrado, más
bien algo sorprendida de mí misma. Es muy cierto, por
ejemplo, que, después de la gran rechifla, temblaba, literalmente, a la sola idea de volver a verlo. Verlo, después que
tanto se habían reído todos a costa suya, y no poderle dar
a entender de alguna manera que no tenía por qué sentirse
solo contra todos; que alguien, mientras, había estado con
todo fervor a su lado; aunque ese alguien no fuera más
que una chiquilla tonta, de la que él mismo se hubiera burlado acaso, abriendo unos ojos de asombro divertido si de
alguna manera hubiera podido leerle el pensamiento... Es
claro que yo no iba a importarle nada. Yo no existía; sencillamente, no existía para él. Y, sin embargo, a la sola idea
de que, en cualquier momento (era inevitable), me lo tro-
pezaría y tendría que mirarlo a la cara, temblaba de pies
a cabeza.

Y lo divertido es que mi gran tortura, lo que me hacía
insufrible la idea, era el tener que verlo sin barba, pues,
¡boba de mí!, lo ocurrido se había instalado en mi imaginación con el peso de una piedra, como algo definitivo,
inamovible; como si se hubiera tratado de una irreparable
mutilación. De modo que cuando, a la semana siguiente,
sobrevino por fin el tan deseado y temido encuentro, y el
capitán Ramírez pasó por mi lado, y divisé sobre su cara
pálida una barba apenas crecida, una especie de barba de
enfermo, mi desconcierto fue completo; quedé azorada, hecha una tonta, y me abandonaron las fuerzas. Suerte que
ni siquiera había reparado él en mi presencia. Acudía a
comparecer ante mi padre; se cruzó conmigo en la penumbra de la antesala y entró al despacho. Con su barba nueva
de enfermo parecía inmensamente triste...

Entonces me propuse espiarlo a la salida, recuperar entre tanto mi aplomo y observarlo mejor. Quería (es ridículo) cerciorarme de si, en realidad, su mentón era tan
hundido como decían. (¡Señor, y cuánta sandez se había

dicho a propósito de eso!... Como si tuviera importancia alguna.) Pero ahora, cuando se abrió de nuevo la puerta del despacho —la entrevista había sido breve—, oí la voz de mi padre que, prestando a su gravedad cierta impregnación de zumba afectuosa, le advertía desde dentro: «Bueno, y ¡a cuidarse esas barbas, capitán Ramírez!» «No tenga miedo, mi coronel», le respondió él, al tiempo que se llevaba la mano a la cara con un ademán de embarazo que a mí me partió el alma. ¿Por qué tenía mi padre que hacer tal cosa, maldad semejante? Aquello era, ni más ni menos, abusar de un subordinado. Cuántas veces no le había oído a él mismo teorizar que, con los subordinados, pocas bromas; un jefe no debe permitirse bromas... Y ahora, de buenas a primeras, le lanzaba al pobre de Ramírez esa alusión mortificante como quien le tira a otro una bola de papel arrugado. Quizá fuera cierto que el capitán se dejaba la barba para taparse el defecto de una quijada demasiado chica; pero, Señor, ¡qué más daba! Y, sobre todo, ¿qué le importaba a nadie? A él, sí ¡pobre!, debía de preocuparle eso. Durante toda aquella semana no se le había visto ni en el cine, ni en parte alguna; andaba, al parecer, medio corrido; y puede bien sospecharse que si mi padre lo llamó, por fin, a su despacho, fue tan sólo para, con algún pretexto, tener oportunidad de dispararle a la salida aquella flecha que me hirió a mí y me hizo huir a esconderme en mi cuarto con la cara entre las manos.

Han pasado los años, y hoy me río de mí misma, o —mejor— de la criatura tonta que era yo entonces. Pero, descontadas las exageraciones de mi sensibilidad pueril, ¿qué punta diabólica —pienso—, qué gota de veneno ha de haber en el fondo del corazón humano para que incluso un ser tan bondadoso como mi padre no pudiera privarse...?

Han pasado los años, sí; todo eso pertenece a un tiempo ido. Se fue también el capitán Ramírez; ascendió, y lo trasladaron a otra guarnición. Ni siquiera sé a punto fijo en qué provincia andará ahora, ni qué habrá sido de su vida. Pero en estos días de espera, cuando yo por mi parte me dispongo a iniciar una nueva fase en la mía, me acude a la memoria de golpe todo ese mundo que dejo atrás al casarme, y muchos episodios, ya un poco lejanos (como este de la barba del capitán Ramírez, cuyo mosconeo insistente en el recuerdo no llega a molestarme), acuden a mí bajo una luz distinta que me los hace extraños, sin dejar por eso de serme familiares.

Habrá que confesar que, visto en frío, resulta un episodio de veras grotesco, y que el infeliz no desempeñó un papel demasiado lucido. La cosa ocurrió, poco más o menos, así: Cierta noche, durante una de esas francachelas de hombres... Bueno, quien conozca algo, aunque más no sea de oídas, la vida de guarnición, sabe lo que es el aburrimiento castrense, y a qué recursos vulgares suele echarse mano para matarlo. Yo, a pesar de las reservas que protegen siempe a una niña, y más cuando esa niña es la hija única del coronel, no olvidaré nunca, por ejemplo, las horribles partidas de tresillo alrededor de la mesa de mi padre, el enervante cliqueteo de las fichas, las toses y gargajos del capellán, las frases ingeniosas de cada uno repetidas hasta la náusea, el montón enorme de colillas frías apestando la habitación por la mañana... Pero esto pertenecía al ámbito respetable y doméstico donde yo me movía. Aparte de eso, también alcanzaban a mis oídos ecos, y a veces me daban en la cara las tufaradas, de otras diversiones menos apacibles. Pues bien, la historia famosa de la barba del capitán, o la historia de la famosa barba del capitán, tuvo lugar en el curso de una francachela de sala de banderas o cuerpo de guardia, cuando ya el vino había encendido los ojos, desvanecido el seso y soltado las lenguas. Según parece, algún majadero malintencionado debió de sacar a capítulo el tema de la dichosa barba de Ramírez, y nuestro hombre se dejó enzarzar en una discusión idiota de borrachos: por qué la llevaba, si la había usado siempre, si nunca se le había ocurrido rasurarse... Ramírez tuvo la ingenuidad de declarar que la venía usando desde su época de cadete, y de afirmar que ya jamás se acostumbraría a verse de otra manera. Bastó. Medio en broma, medio en serio, lo acusaron de ocultarse tras de un antifaz, de sustraer fraudulentamente su verdadera fisonomía, y lo demostraron, en fin, hasta envolverlo en una embrollada querella de borrachos, cuyo fuego tal vez el diablo soplaba en dirección fija, hasta hacerle caer en la trampa. Total, que se dejó rasurar las barbas allí mismo.

Desde luego, es seguro que no hubiera consentido si no hubiera estado él también bajo los efectos del alcohol. Contaban que, cuando hubo terminado su «operación quirúrgica» el barbero del regimiento, a quien habían ido a sacar de la cama para eso, le presentaron un espejo al capitán Ramírez, y éste comenzó a hacer muecas y visajes, y prorrumpió en carcajadas, llorando de la risa, de modo que fue él el primero en celebrar su nueva apariencia.

Yo no podía —¡ni quería!, aún hoy, se me resiste— imaginarme a Ramírez, un hombre tan serio, tímido, triste, callado y correcto, haciendo de protagonista en la indigna escena. Al alcohol hay que atribuir su consentimiento; sí, solamente al alcohol, pues no hay duda de que también él estaba borracho perdido. Bebería por no quedarse atrás, por no ser menos, por compromiso, porque los hombres son siempre como niños, y como un niño hubiera habido que sacarlo de allí a pescozones... No lo disculpaba yo; muy al contrario: me indignaba que se hubiera dejado arrastrar a eso, y hasta él mismo quedaba envuelto en la repulsa y el horror que despertaba en mí la insoportable escena. Pero tampoco dejaba de comprender que, como tantos otros seres afables y tiernos, el capitán Ramírez era una persona algo débil de carácter. ¿No se le criticaba que, en su casa, quien capitaneaba era ella? Como la gente es implacable, inventaban a propósito chistes, chismes, comentarios y pamplinas, que yo mal podía sufrir, y que me hacían mirarla con ojos de aversión a la muy pavona, soberbia, gorda, mayestática, contoneándose con mi hombrecito al lado, mientras que él, nervioso, obsequioso, cortés, apresurado, con la barba al trote siempre, se desvivía por prepararle el asiento en el cine o procurarle el mejor sitio en las fiestas del Casino de Oficiales, donde apenas éramos tolerados los niños.

En verdad de verdad, mi antipatía hacia ella era por completo irrazonable. Quizá fuera, en efecto, la criatura odiosa que yo entonces me pintaba —aunque probablemente no sería más que una simple cabeza hueca—; pero he de reconocer que mi oculto, amargo y enconado reproche de haber puesto en ridículo a su marido con ocasión del episodio de la barba carecía de todo sentido. Pues conviene saber que lo ocurrido en el cuerpo de guardia trajo cola, y una cola por demás lamentable; pero, ¿dónde radicaba el mal? ¿En las consecuencias, o en la causa misma? Eso es obvio. Y, sin embargo, la confusión de mis sentimientos e ideas, tan agitados durante aquellos días, me hacía culparla a ella sin asombrarme de que la gente pasara de largo sobre la escena de la francachela donde el capitán Ramírez se dejó rasurar la barba, refiriéndola como mero antecedente de lo que después vino y que a todos les hacía tanta gracia. A mí, por el contrario, me daba ganas de llorar. Era indecoroso, estúpido y cruel el regocijo con que, durante una interminable sesión de tresillo, de donde hubiera querido alejarme y no podía, los enterados iban repitiendo a cada recién venido nuevos pormenores, reales o fantásticos, del tan comentado episodio.

Pero voy a relatarlo, para terminar de una vez con el penoso cuento. Resulta, pues, que, ya casi de madrugada, la reunión del cuerpo de guardia se había dispersado y los borrachos se fueron a dormir, dando tumbos. También Ramírez, claro está, se retiró a su casa. Y aquí viene lo que tan divertido, tan formidable, tan desopilante encontraba todo el mundo. Según parece, cuando, bien entrada la mañana, se despertó la señora del capitán y abrió los ojos, y se dio vuelta y vio a su lado aquella cara afeitada que no conocía, va y pega un salto de la cama y empieza a gritar socorro desde la ventana... Hay que saber cómo son estas barricadas militares, con las casas apiñadas en la más estrecha vecindad, para imaginarse el escándalo. El colmo fue que, despierto a su vez el capitán, y sin recordar para nada que se había transformado el rostro durante la pasada borrachera, se asustó de los gritos de su mujer y, creyendo que se había vuelto loca, se puso a perseguirla por el dormitorio, hasta que, forzando la puerta, irrumpieron los vecinos. En toda la chacota que se hizo con este paso de comedia debieron de abundar, segura estoy, las frases de doble sentido con alusiones procaces, pues comentarios y dichos que a mí me parecían bien necios provocaban inagotables carcajadas y eran celebrados siempre de nuevo. Aún me parece ver los ojillos vivaces del capellán, en su carota congestiva, describiendo con regodeo el sobresalto de los esposos, sorprendidos así «en el traje de Adán, tal cual Dios los echó al mundo», cuando se percataron del error en que habían caído... Después de pensarlo, me permito dudar de la exactitud del detalle. Pero en aquel entonces, inocente de mí, el único efecto de esas palabras fue representarme al capitán Ramírez en el acto de taparse los ojos con ambas manos, abrumado, y a su lado Eva, desnuda, medio oculta por las ramas del árbol, según la lámina de mi *Historia sagrada,* pero una Eva con el cuerpo exuberante de la capitana.

Luego, cada vez que me ha acontecido topar, entre los grabados de algún libro o en los museos, con la tan repetida escena del pecado original, sin poderlo remediar me acordaba, por rara asociación de ideas, del capitán Ramírez y la desgraciada anécdota de su barba, ese episodio que ahora, cuando rememoro desde el umbral de una nueva vida los tiempos idos, otra vez me acude a la mente con insistencia melancólica. En su día, ¡cuánto me hizo penar! Pero, ¿dónde está ya aquel corazón bobo que entonces sabía sufrir por cosas tales?

ENCUENTRO

—¡Nelly! Pero, ¿sos vos, Nelly? *Mamma mia!*

Y sí, ella era; la misma: la célebre Nelly, alias *Potranca,* alias *Chajá,* la *Nelly Bicicleta.* Ella misma, sí; pero... *mamma mia!* Casi no la reconoce *el Boneca;* ¡después de «tantas cosas como hubieron»!... Parado en la esquina, ahí donde la calle Rivadavia desemboca en Plaza de Mayo, la miraba, un poco echado atrás, medio asombrado, medio divertido; y ella, cortada, sonreía con la vista fija en el cordón de la acera y no decía palabra. Hasta que, al fin, con bastante fastidio::

—¿Tan cambiada me encuentras? —dijo.

Por toda respuesta, la agarró él de un brazo. Su carne, floja, se le iba de entre los dedos.

—Vení; acá podemos conversar tranquilos —y la condujo hacia uno de los bares próximos. Se acomodaron en un ángulo, junto a la puerta. Sin consultarla, pidió *el Boneca whisky* para los dos. Ella le contempló más bien con curiosidad, y él sostuvo, satisfecho, la inspección de su vestimenta; recordó esa maña que ella tenía de tasarle a uno la ropa; ahora estaba satisfecho de su ropa: el traje, un poco gárrulo si se quiere, de rico paño inglés; la camisa, de seda; la corbata, fastuosa. Aguardó, sonriendo, a que lo hubiera repasado así de pies a cabeza, y sólo entonces contestó a la pregunta de la esquina:

—¿Cambiada, decís? No, tan cambiada no estás. Demasiado flaca, tal vez. Pero, che, ¡la sorpresa de encontrarte!

—Siempre fui delgada.

Siempre había sido delgada, es cierto. *Potranca* la llamaban de jovencita los amigos: delgada, fina de cabos,

nerviosa, con aquel movimiento rápido de la cabeza. Y
también el apodo envidioso de *Chajá* aludía a su delgadez
de cuerpo, en contraste con sus ostentosos tapados de
pieles. Excesivamente delgada para el gusto de muchos...
Pero ¡Dios! ¡Esto de ahora!...

Bebió ella del *whisky* con avidez, y luego, haciendo
una mueca, dejó el vaso. Su mano se veía algo descuidada;
las uñas, cortas, a ras de la carne.

—¡Qué sorpresa, caramba, encontrarte! —ponderó
él—. ¡Después de tanto tiempo! ¡Años y años, che!

Y ella observó:

—A vos no te ha ido mal.

—Regular —sonrió, feliz, *el Boneca*—. No, no puedo
quejarme —concedió. Ambos sintieron, de pronto, que ya
no tenían nada que decirse. Arrellanado en sí mismo, él no
podía quitar la vista de aquel escuálido, vibrante cuello
que, sobre la frágil armadura de las clavículas, sostenía una
cabeza gastada, unas facciones gastadas, hechas de finí-
simas arrugas. Y era ella, la Nelly. Ahí (sólo que ahora
entre unos párpados marchitos) sus ojos, los proverbiales
ojos azul «flor de lino», que extasiaban a tantos tipos majaderos y que celebró don Martín Ávalos desde las páginas
de *Caras y Caretas* con versos inolvidables, esos mismos
ojos le estaban mirando a él, al *Boneca,* hoy como ayer.

—¿Te acordás, Nelly?

Nelly sonrió ambiguamente; bebió otro trago; paseó la
vista, distraída, por el local desierto: era media mañana; el
sol entraba por las ventanas, marcando cuadros más claros
en la madera del piso.

«¡Te acordás!» Pues ¿no había de acordarse? Él sería
quien tuviera que hacer memoria. Véanlo al *Juancito Boneca,* reluciente y orondo, bien fardado, dándose aires de
doctor y convidándola a este *whisky* escocés de precio
prohibitivo, pensó; y la imagen del muchachote, cara redonda y ojos hermosos, que sabía afectar una contrariedad

68

digna, apesadumbrada, cada vez que ella —dichosos tiempos—, al enviarlo a la rotisería en busca de un pollo asado y una botella de vino, le metía en la mano la plata; o cuando el pobre tenía incluso que agachar la cabeza y, con fingida desenvoltura, pedirle prestadas pequeñas cantidades, cuya devolución nadie, por supuesto, esperaba; estos recuerdos, donde a la ironía tierna se mezclaba cierta nostalgia, daban a su expresión una suave, lejana blandura.

—¿En qué estás pensando?

—En nada; en todo eso —eludió la mujer.

Él no cesaba de observarla. Veíala sonreír e interpretaba, pretencioso, la sonrisa como pura complacencia en la evocación, al mismo tiempo que se maravillaba de que esta desdicha humana, con quien hasta le daría vergüenza que le viesen, hubiera sido, como lo fue (¡a qué negarlo!), ocasión para él de lágrimas y suspiros. «Un poco menos de carne, unos kilos rebajados, algunos años más y... ya tenés la tragedia convertida en sainete», filosofó. Pero exageraba. ¿Tragedia? Exageraba. Cierto que él anduvo un tiempo medio enloquecido, con un metejón bárbaro, hecho el infeliz más grande del mundo; que, atontado y miserable, no era capaz de pensar sino en ella; que traía fatigados los teléfonos de todos los cafés vecinos... Había sido como una enfermedad; sí, una enfermedad de juventud. «Hecho un trasto —pensó—, un trasto, una basura». Y todavía le montaba un poco de calor a la cara al revivir algunas escenas, papeles desairados, verdaderos papelones que hubo de hacer por su culpa, como aquella tarde, una entre tantas, en que, teniéndola, por fin, tras de varias tentativas al teléfono, ella, tan escurridiza siempre, siempre con prisa, esta vez, en cambio, no quería terminar la conversación —«¡oíme!», «¡escucháme!»—; y, mientras tanto, un sujeto fifí, con pataditas y gestos, se impacientaba junto a él, enterándose de cuanta bobada no podía dejar de contestarle; hasta que el gallego del mostrador le invitó con perentoria grosería a cortar la comunicación; y, a todo esto, la sospecha prendida en la garganta de que, al otro extremo de la línea, ella —tan rara era su actitud, su voz— pudiera no estar sola y quizá se burlase a costa suya con alguien. ¡Qué perdido se sentía en esos ratos! ¡Qué desamparado! ¡Cómo se le deshilachaba el mundo en tristeza! Entonces lo aborrecía todo; aborrecía el reloj del cafetín, a la vuelta; aborrecía la dulce madreselva del corralón, el saludo de los vecinos, y hasta aborrecía el acento gringo de su madre, siempre con historias desagradables que a él nada le importaban. ¡Qué asco todo!... Pero en contra, ¡ah!, qué gloria, qué gloria, sí, cuando una vez se veía al lado de ella, y ella, su Nelly, sin darse cuenta de las angustias pasadas, se le reía con aquella boca fresca, húmeda; lo despeinaba por juego, metiéndole los dedos largos y afilados a través del cabello, lo miraba con ternura, volvía a reírse, le decía alguna palabrita de cariño... Entonces él, que durante días y semanas había estado espiando con ansia un momento así, aferraba la ocasión y la acosaba a preguntas, astutas preguntas a las que se esforzaba por dar un sesgo ligero, de broma; quería saberlo todo, y le armaba pequeños lazos para sorprender sus mentiras. ¡Pero qué! Escurridiza, se le escapaba ella hasta hacerse odiar. Lo tomaba por los hombros, lo sujetaba con fuerza —pues tenía una increíble fuerza nerviosa—, lo miraba a los ojos, se reía. «¿Por qué te querré? Si sos un bobito; si tenés cara de niña, de muñecona, boneca...... ¿Te gusta que te llamen *boneca*?» Y de nuevo soltaba la risa. Bien sabía ella que el mote no le gustaba. Cómo le iba a gustar, si había sido ocurrencia de ese... (todavía le daba despecho recordar al viejo baboso), de este grotesco personaje, Saldanha, *o seor Saldanha,* farabuti cien por cien, un necio que, con la insolencia del potentado, se permitía llamarle *cara de boneca,* lo había bautizado de *Boneca;* y ya se le quedó el apodo, ¡a él, que nunca había tenido apodos!

¡Él, a quien los amigos habían llamado siempre Vatteone, por su apellido, o a lo sumo *el Gordito Vatteone,* cariñosamente! Lo hubiera matado al viejo inmundo. Cara de boneca. Y ya, en adelante, ¿quién no?, todos: «¡Vení, *Boneca!*», «¡Tomá, *Boneca!*», «¡Andáte, *Boneca!*»... «Lo peor de esas cosas —reflexionaba para consolarse— es que, si no te aguantás, ¡adiós! Vos te aprovechás, incluso podés reírte por dentro pensando que ellos pagan y vos disfrutás; pero esas cosas hay que aguantarlas». ¿No aguantaba ella también, con todo su orgullo, que la llamaran *Chajá?* La Catresú había sido —bien lo recordaba— quien le comparó aquellas pieles opulentas, regalo del brasileño, con el plumaje del chajá sobre su carne enjuta... Ahora, ahora sí que se veía esta pobre como pájaro desplumado. Desengaños del tiempo: estaba hecha una lástima...

Que en qué pensaba, le había preguntado él; y ella había respondido que en nada. Era verdad: pensar, no pensaba en nada. Lo tenía ante sí, extraño; se lo representaba tal cual había sido, y le sonreía por un instante a aquella imagen del ayer en la cara abotagada y vulgarísima de este cuarentón lleno de aplomo. *El Gordo ya* no era más *Juancito Boneca* (¡ni qué tenía que ver!) sino el señor Vatteone —¡muy señor mío!—, caricatura espesa de aquella nauseabunda edad de oro que se le vino de repente a la boca; otarios, pendejas, pobres donjuanes de *cabaret,* su reino precario, el catedrático, Pepe Sieso, Saldanha gargajiento, el chino Ávalos (don Martín Avalos, con sus poesías y sus letras de tango) y *el Boneca,* mi lindo Julián.

—¡Cuánto tiempo que no nos vemos, caramba! Decíme, ¿estuviste fuera?

—Vengo muy poco al centro —respondió ella. Aplastaba con el dedo una miguita seca sobre la mesa.

—Y ¿qué ha sido de tu vida, decíme? —volvió a preguntarle él; aunque pensó: ¿hacía falta preguntar nada? A la vista estaba: una completa ruina, liquidación y remate. Agregó Vatteone, mirándola con disimulo, mientras ella agotaba el último sorbo de su vaso—: Pensé que estuvieras fuera.

—¿Fuera? ¿Dónde «fuera»?

—Pues ¡qué sé yo! En el Brasil, por ejemplo, con tu fazendeiro. Se me ocurría.

Ella hizo un gesto. El final de Saldanha había sido de lo más penoso; ni recordar quería ella tantos disgustos como llovieron sobre su cabeza cuando al viejo crápula le entró la pamplina de que oía músicas a lo lejos y se quedaba arrobado, asustándola en seguida con los arrebatos que le sobrevenían: carcajadas, y gritos, y toses, y lágrimas, y venga a hablar francés; hasta que aparecieron unos buitres del Brasil para llevárselo, no sin antes tratar de crearle complicaciones a la infeliz, que nada había sacado en limpio de toda esa historia, sino las muchas pejigueras. Y ahora este idiota sale con ésa; vaya: «Tu fazendeiro». ¡Qué idiota!... Le acudieron a la memoria las vagas insidias, las escenas tontas de celos que *el Boneca* —puro teatro, *a la finale;* cosas de chiquilín— solía hacerle a ella, para después —y ¿qué remedio le quedaba?— tener que soportarlo todo, tragar saliva y hacerse el distraído. ¡Qué bobo! Si hubiera podido él imaginarse entonces todo lo insoportable que le resultaba a Nelly el famoso Saldanha, con sus aires de superioridad condescendiente; cuánto trabajo le costaba seguirle la charla, empeñado el hombrecito en tratarla como si a ella debieran de interesarle las cien mil macanas que él leía y conversaba... Tanto que, parecerá mentira, pero prefería casi acompañarlo a los conciertos del Colón (otra de sus manías) y luchar allí con los bostezos durante un par de horas mortales, mientras él, acurrucado en su butaca como un macaco, cerrados los ojillos, ponía una repugnante cara de gusto.

—Pero, bueno —insistió el Vatteone—, decíme: ¿qué

demonios hacés ahora? ¿Dónde te metés? Si no venís al centro, ¿dónde andás metida?

Se esforzaba por adivinar cuál sería la vida de Nelly actualmente. Que le iba mal, ya se veía. Y era lógico. ¡Quién sabe los años que tendría ya! Desde luego, bastantes más que él, conque... Y, por otro lado, tampoco era ella mujer de resignarse, y darse por vencida, y pasar a la reserva. Si no había sabido aprovechar sus éxitos y su gran boga fue por eso. Demasiado temperamento, pensó *el Boneca.* No había olvidado después de tantos años la vez aquella en que, con la boca pegada a su oreja, le declaró muy bajito: «Esto es lo que a mí más me gusta en el mundo. ¡Otra que pieles!» *Esto,* había dicho; no había dicho que le gustase él, ni siquiera hacerlo con él, sino sencillamente *eso,* la muy...

—¿Eh? —apremió Vatteone-*Boneca*—. ¿Dónde andás metida?

Y ella:

—Me casé —dijo.

Hizo esta notificación con voz velada, al tiempo que dirigía una mirada al dedo anular de su mano derecha, donde —¡caramba, era cierto!—, bajo una ostentosa sortija, amatista enorme, se escondía casi el anillo de la alianza conyugal.

—¿Qué te casaste? ¡No! —él se echó atrás en su asiento con afectada sorpresa—. Y ¿quién se casó contigo? Pero, ¡qué divertido!... No me vas a decir que Saldanha te llevó a los altares... Aunque, si se le antojaba, era tipo de hacer lo primero que le viniera al coco. ¿Acerté? ¿Saldanha?

Nelly movió la cabeza. En sus pómulos se insinuaba un triste rubor. Él estaba divertidísimo; por supuesto, se daba cuenta de que no podía ser el brasileño: no andaría ella así, medio derrotada. Pero ¿quién? Se había animado, se reía con toda la boca muy abierta; repetía: «¡Qué divertido!» Bebió el resto de su vaso y llamó al mozo para que sirviera otros *whiskies*.

—¡Conque... señora casada! ¡Qué divertido!... Me hubieras convidado a la boda, mujer.

—Habrías tenido que llevar a tu esposa —le replicó ella, molesta, incisiva.

Y él, entonces, se contempló a su vez el anillo de casado.

—También yo me casé —reconoció, súbitamente serio.

Y se imaginó lo absurdo: *la Beba,* su señora, gruesa, blanca y pomposa, bajando del auto a la puerta de la iglesia para asistir al casamiento de aquella pobre *Nelly Bicicleta...* ¿con quién?

—¿Con quién te casaste, Nelly? ¿Alguien conocido mío? —preguntó, ahora ya con una inflexión afectuosa, hipocritona, en la voz.

Ella se puso a beber despacito. Después de pensarlo un poco, informó:

—Verás, es un buen hombre. Quizá te acuerdes de él. Trabajaba en el Victoria. ¿Te acordarás de Muñoz, un mozo gallego, pelo negro?...

El Boneca no se acordaba. Nelly, en cambio, lo veía ahora, no en su estado actual, calvo ya, bastante machucho, enfermo y, a ratos, un tanto insoportable, egoísta, sino tal como entonces era: fino, servicial, callado, respetuoso; lo veía acercarse a su silla cuando, acaso llena de murria, aguardaba ella en el bar, y ahí, parado junto a la mesita, se ponía a conversarle en voz baja, un susurro apenas, al comienzo sobre cosas indiferentes, y luego, poco a poco...

—Pues no me acuerdo —contestó Vatteone—. ¿Cómo querés que me acuerde?

Y no había terminado de decirlo cuando, de pronto, le vino a las mientes un episodio, una desagradable escena en la que el tal Muñoz había tomado alguna parte. Seguramente suspiraba ya entonces en secreto por *Nelly-Potranca*. Con tanta mayor atención pondría oído desde su puesto a lo que de ella decían, en ausencia suya, aquel grupo de mamarrachos y mamarrachas. Se hablaba del viejo Saldanha y sus millones, y de la suerte que ella había tenido de caerle en gracia; se discutían sus méritos, sus carnes. Y entonces, aquel asqueroso de Pepe Sieso había soltado su chiste miserable. Había dicho: «Habilidades tendrá, no me opongo; pero ¿cuerpo? ¡Vamos, hombre! ¡Si eso ha de ser lo mismo que montar en bicicleta!» Y todavía lo acompañó de la actitud ciclista, pedaleando con indecencia cada vez más rápido. Las carcajadas se extinguieron casi de golpe cuando una, divisando a Nelly en el fondo del corredor, dio la señal de alarma: «Che, *attenti;* ahí viene *la Bicicleta*». Pero el mozo lo había llamado aparte al desgraciado aquél, como para darle un recado, y algo duro debió de decirle, a juzgar por la actitud de ambos, que el *Boneca,* abochornado, observaba... Casi le vuelve el malestar ahora, al revivir el episodio.

—¿Cómo querés que me acuerde? —repitió—. ¿Te acordarías vos, si no se hubiera casado contigo?

—Y vos, ¿con quién te casaste?

—¿Yo? —se quedó un momento sin saber qué contestar—. ¿Yo? —repitió—. Pues..., te diré..., con una muchacha...

—...platuda —completó ella. Y en esta palabra, *platuda,* que encerraba una intención sarcástica, puso también, sin quererlo, el prestigio de un mundo inaccesible.

Vattéone desvió los ojos:

—No vayás a creerte.

Sentía sobre sí esa mirada de Nelly que antes le había repasado la ropa de arriba abajo, y tanta insistencia le molestaba ya. La calma azul de la mirada «flor de lino» le parecía crítica, impertinente, y comenzó a explicarle con alguna incomodidad y cierta precipitación cómo había sido

75

que cambió su fortuna. Pero ella no le escuchaba apenas, se limitaba a contemplar la cara grandota, las narices gruesas y las cejas peludas que tenía enfrente, al otro lado de la mesa, aquella figura exuberante que le había salido al paso en Rivadavia y Plaza de Mayo para invitarla a *whisky* y al espectáculo de sí mismo, y que viera medrado en fantasmón rozagante, engreído y —tan luego— sobrador a aquel *Boneca* de antaño, sinvergonzón si se quiere y atropellador, aunque dispuesto a achicarse en cualquier momento, pero fresco también en el sentido de la ingenuidad. La transformación del *petit farceur* simpático —*ce petit farceur,* le llamaba siempre Saldanha— hubiera sido —pensó Nelly— muy previsible: bastaba dejarlo madurar; ya en sus veinte años estaba prometido el señor Vatteone *que voilà* —como también hubiera dicho el otro—, de cuerpo entero. ¿Quién, en cambio, hubiera podido prever la metamorfosis de Muñoz, su marido —siguió cavilando Nelly—, su decadencia en la apatía actual, su empantanamiento en una paciencia irritante? Pero, Dios, ¿qué culpa tiene él, tampoco, si está medio baldado? —se preguntó, repitiéndose la frase habitual de Muñoz—. En fin, cada cual su suerte. Pensó que él, Muñoz, había querido influir y, bondadosamente, había influido, con toda su alma —un alma de Dios, el pobre—, en la suerte de *Nelly-Potranca.* Pero quizá —se arguyó Nelly— «eso era algo que estaba ya en mi suerte», considerando que a la verdad, no había sido él el único en la vida que le propusiera y aun le rogara sacarla de aquello —«aquello» era, se entiende, «el fango», «la abyección»— y darle un estado más digno, un nombre honrado... A la idea de tal honra y dignidad sintió formársele una sonrisa mala. «Señora de Muñoz», susurró. Y luego: «Esto estaba en mi suerte, sí; y también en la de él». Pues sin la sencillez de aquel hombre sosegado, silencioso, a quien era un descanso hablarle, que le hacía a una sentirse tranquila y en paz, que emanaba con-

76

fianza, seguridad, ¿cuándo hubiera accedido ella?... Con irrisión lo hubiera rechazado, como a otros, como al viejo Saldanha, que también se dignó en un momento dado, con sus aires de superioridad impecable y benévola cortesía, y todos sus millones... Millones, Cadillac, Strawinsky, Champs Elysées, ¡a la eme! En cambio, Muñoz le había gustado desde el comienzo: un tipo alto, bien parecido, amable, con aquella su expresión viril y, sin embargo, tan dulce, y aquel silencio suyo, y aquel respeto que, increíblemente, resistía íntegro al deterioro de la intimidad. Le había gustado desde el primer momento, y llegó a quererle como a nadie había querido nunca. Cuando él le propuso matrimonio, la perspectiva de una existencia apartada y modesta, pero tranquila, en su compañía, le pareció feliz. ¿Se arrepentía ahora? ¿Se había equivocado, como, escandalizadas, pretendieron todas en su día? Ahora... ahí estaba el pobre, postrado en su eterno sillón de mimbre, y esa misma quietud, sosiego y silencio que antes la encantaba, la crispaba ahora viéndole impasible, mientras ella entraba y salía, salía y entraba...

Pero, ¿qué estaba diciendo este majadero de Vatteone, ahí, con su *whisky*? Le contaba con entusiasmo creciente cómo se había metido en política, había hecho relaciones, amigos estupendos, negocios, supo avivarse, tuvo además suerte, le fue bien, le había ido bastante bien, de manera que, aun cuando su suegro (hizo una mueca de involuntario desagrado; ¡el tano imposible!), «aun cuando mi suegro —repitió con entonación a un tiempo respetuosa y familiar— es persona que tiene, para nada necesito yo de su ayuda. Pues hoy en día, ¿sabés?, sólo el que es zonzo... No como antes, que el hijo de esta tierra de bendición se veía pisoteado, mientras nuestro país (¡el país más rico del mundo, caramba!), hipotecado al capital extranjero...»

—Andá, hombre; ese discurso ya me lo tengo muy oído por la radio —se impacientó ella.

Él la miró con sospecha; quiso replicar; pero ¡qué tanto!, prefirió mejor echarlo a risa. Se rió sin mucha gana; estaba un poco ofendido.

—Bueno —concluyó—, será como vos quieras. El resultado es...; pero, che, decíme, ¿y a vos, cómo te va? ¿Él trabaja siempre de mozo?

—¿Él?

Hizo una pausa. Estaba nerviosa, aburrida, con un leve rubor de ira en las mejillas. «Aquí perdiendo el tiempo —se dijo— con este badulaque, mientras...» Miró su relojito, y la imaginación se le fue hacia la casa, en Villa Crespo: una hora de ómnibus, a los empujones, con la gente cada vez más grosera. Allá, en el patiecito lleno de macetas, Muñoz, instalado en su butaca de mimbres bajo la glicina, a la espera de que algún pibe asomara la jeta para mandarlo a comprar cigarrillos, quinientas veces habría sacado ya a estas horas del bolsillo su reloj de plata «traído de España»; y, mientras, ella, aquí, escuchando las fanfarronadas del *Boneca*.

—¿Él? —repitió—. Sí, sí, trabaja... Cuando tiene salud —eludió, y se dijo: «Que no se me olvide pasar por la farmacia»—. Pero —y recogió su cartera, que había dejado a un lado, sobre la mesa, con los guantes—, pero tengo que irme ya; se me hace tarde; me he entretenido charlando con vos, y se me ha hecho tarde.

—¿No tenés más tiempo?

—Lo siento; ya no tengo más tiempo, no.

Él llamó al mozo con una seña, echó sobre la mesa un billete grande y luego se guardó, sin mirarlo, el dinero del cambio. Ella aguardaba en pie ya. Levantándose, calmoso, un poco pesado:

—Tenemos que vernos —le dijo él.

—Sí, sí, cómo no —asintió ella.

Pero él —tanto mejor— ni por fórmula quiso precisar nada.

Salieron juntos del bar. Ella se detuvo, al lado de la puerta, para despedirle.

—¿Hacia dónde vas? —inquirió él.

—Hacia allá —respondió ella, tendiéndole la mano, sin indicar a parte alguna.

Él la retuvo, casi a la fuerza.

—Escuchá —le dijo—, oíme una cosa.

—¿Qué?

—Oíme. Aunque no nos veamos, somos siempre buenos amigos, ¿no? El pasado no se olvida, y... Quería decirte que, en fin, si alguna vez precisás algo de mí, no dudés. Estoy en la guía del teléfono; o si no, me llamás a la Secretaría de Fomento Industrial. ¿Entendido?

—Sí, sí, cómo no —replicó ella.

Él no le quitaba el ojo de encima, observando en su mejilla tirante un músculo que saltaba; Nelly tenía la vista clavada en el suelo.

—¿De veras? —reiteró *el Boneca*.

—Sí. Muchas gracias.

—Pero ¿de veras, eh?

Ella se separó, echó a andar calle arriba; y él se quedó en la esquina, viéndola alejarse. ¡Una ruina, caramba!

Se arregló la corbata, satisfecho, ante el espejo de una vitrina.

(1952)

Ocultos y extrañísimos son los caminos de la Providencia. ¿Quién hubiera podido imaginar dónde y cuándo iban a encontrarse ahora, al cabo del tiempo, aquellas dos antiguas amigas que, desde los años del colegio, allá en Europa, no se veían, ni siquiera habían vuelto a saber una de otra?... ¿Quién le hubiera dicho a la señora Trude, cuando, apremiada por incoercible necesidad, irrumpió en este bar-restaurante tras haber vacilado ante el vestíbulo de un cine, una cafetería y las escaleras del subterráneo (*troppo tarde* ya, ¡ay!, para regresar al hotel); cuando, en fin, pasó de largo, con sus tacones cansados, pero muy digna, ante el mostrador, quién le hubiera dicho a esta dama...?

En aquel momento la pobre sólo tenía ojos para anhelar, a la derecha e izquierda, en la fresca oscuridad del local, el consabido *Women* (*Ladies,* acaso, con un poco de suerte); hasta que, por último, descubrió al fondo *Men,* y, al ladito mismo, gracias a Dios, la entrada gemela. Puede imaginarse cuán impetuosamente empujó la puerta y cómo, despreciando el sórdido lavabo, se precipitó sobre la segunda puertecita, o más bien mampara, para encontrarse allí, *oh, malheur!,* en vez de la ansiada *privacy,* la mirada furibunda de otra señora que, instalada majestuosamente repelía con ademán perentorio el asalto de quien así osaba perturbarla en la beata posesión de lo que por derecho de primer ocupante venía disfrutando.

Mas la comprensible consternación ocasionada por este nuevo e imprevisto obstáculo hubo de ceder pronto en doña Trude a una grande, a una enorme sorpresa. Sólo a medias entendió las injurias de la otra; pues he aquí que

—aparte de tener el inglés enmohecido todavía por el largo desuso—, ¡ufa!, aquella energúmena ¿no era...?; aquella cara abotagada bajo el sombrerito de flores malva, ¿no era la de Sara Gross, hecha, claro está, la corrección debida al pasado de los años?

—¿Eres tú..., *Are you* Sara Gross?

Lo era. ¡Cómo no! Con increíble celeridad la expresión de la ira había cedido en la imprevista Sara al asombro, y ahora (*Lieber Gott!*), desde su inmundo sitial, le tendía cordialmente ambos brazos:

—¡Trude!

Mientras que en ésta parecía ceder su terrible apuro y darle tregua en homenaje a la antigua amistad.

—¡Qué sorpresa! —dijo: alargó la mano a su compañera de colegio, como si quisiera ayudarle a levantarse (estaba gorda la Sarita); volvió a exclamar—: ¿Tú, Sara? —agregó otras cuantas frases de alborozo y, luego, sensatamente—: Oye, querida: si has terminado, hazme el favor, hijita, y perdona, *please*.

Un rato después estaban sentadas ambas en un rincón del mismo bar degustando sendas coca-colas, y se reían de la pequeñez del mundo, de sus casualidades.

—¡Venirse a encontrar ahí, precisamente en aquel sitio —ponderaba Trude—, el día mismo de su llegada a Nueva York!

Se preguntaba cuánto tiempo hacía que no se habían visto. Y miraba a su amiga de adolescencia, a la gritona y vaga y vivísima Sara Gross, que ahora se había puesto tan gorda y que estaba, quién lo hubiera adivinado, en América.

—Pero si tú lo sabías, Trude, que nosotros nos vinimos para acá poco después de casarme, hace ya lo menos veinte años.

«¡A tiempo! —pensó Trude—, ¡vivísima siempre!»; y dijo:

—Es verdad, ahora que me acuerdo; pero, hijita, son tantas y tales las cosas ocurridas allá, en Europa, desde entonces...

Bueno, más valía dejar eso; era demasiado penoso. «Además —pensaba Trude— durante ese tiempo tú has estado aquí dándote buena vida, y así se te ve de lustrosa».

—Dejemos eso, querida; hablemos de cosas menos tristes. Es cierto que tú te casaste, y luego... Bueno, pues al cabo del tiempo volvemos a reunirnos a este lado del Atlántico.

Y pasó a informarla —con su gran locuacidad, sus ojillos vivaces y sus manos inquietas— de que habían llegado aquella mañana misma ella y Bruno, su marido, procedentes de la Argentina.

—Sí, esta misma mañana, al amanecer, veíamos por vez primera la famosa estatua de la Libertad. Y en seguida, caramba, tropezar contigo. ¿No es fantástico?

La informó luego de que habían pasado varios años en Buenos Aires y, antes, en La Habana.

—Desde el cuarenta y tres estamos a este lado del charco. Un montón de años ya en este dichoso continente. Demasiados, ¿no? Pero, mira, qué quieres que te diga: cada vez que recuerdo aquel *cauchemar* pienso que, a pesar de todo, el *New World*...

No podía quejarse, lo reconocía. Ahora, Bruno y ella venían a probar los Estados Unidos. Si las cosas salían aquí como antes en Cuba y luego en la Argentina... Sonrió, frotándose las manos. Lo de la Argentina, como lo de Cuba, quedaba organizado y en marcha: cosa de darse una vuelta por allí de vez en cuando. Trude explicó a su amiga que Bruno —¡ya lo conocerás, chica!— era formidable. El negocio había sido por completo idea suya: él descubrió la fórmula del producto, él atinó maravillosamente con la marca, y él había montado la propaganda y distribución con plena eficacia. Tres aciertos combinados, la triple llave del éxito; aunque ella, ¿por qué negarlo?, le había secundado en forma decisiva. Ahora, sin pérdida de momento, a patentar la marca e introducir aquí el producto. ¿Que qué producto era? Sonrió:

—Pues, verás, hija mía; se trata de un raticida infalible; de veras, sí, de veras infalible; en eso está la base sólida del negocio, en el secreto industrial de la fórmula... Sin cuentos: allí donde se rociaba *La última cena,* a la mañana siguiente amanecían patas arriba cuantas ratas y ratones... —se interrumpió y, con una sombra de inquietud, preguntó a su amiga—: ¿Qué te parece la marca, di? ¿Entrará bien aquí, en los Estados Unidos? Tú, que conoces el país, ¿qué te parece? *The Last Supper.* En Latinoamérica, eso fue maravilloso.

Sin aguardar respuesta (Sara Gross se había concentrado para meditar sobre el caso, entornados los gruesos párpados sobre su botella de coca-cola), sin aguardar el dictamen, Trude afirmó que esa marca había sido un gran hallazgo de Bruno, tan importante casi, o tal vez más, que la fórmula del producto mismo.

—Trata de visualizar la caja de cartón, redonda, con *La última cena* de Leonardo, en colores. Arriba la etiqueta sola, y las instrucciones en la parte interior de la tapa. Un hallazgo, te lo aseguro. Y, como tantas veces, fruto de la pura casualidad, por lo menos en parte. Verás: fue cuando los muy salvajes bombardearon Milán y se dio por perdida, ¿te acuerdas?, la célebre obra de Da Vinci, que a Bruno le vino la idea. Él es un gran *amateur,* un espíritu exquisito (ya lo conocerás), y su indignación no tuvo límites. Para las cosas de la cultura es una fiera Bruno; un verdadero fanático. En fin, pensó: «¿Ellos destruyeron *La última cena*? Pues yo haré que esa pintura llegue a todas partes, se grabe para siempre en todas las imaginaciones...» Ni yo misma supe, durante varios días, lo que estaba urdiendo. Como ves, su propósito era, ante todo, de reivindicación artística. Coincidió con la oportunidad de patentar el matarratas, y resultó luego que la marca encerraba enorme valor publicitario. Date cuenta: para empezar, es un motivo artístico lleno de nobleza; luego, constituye una frase acuñada, que quién no recuerda; y, para colmo, alude sutilmente a los efectos mortíferos (infalibles, te juro) que produce la ingestión de los polvos.

Sara asentía, cada vez más convencida. Pronunciaba, susurraba casi, saboreando entre sus labios pesados, relucientes de pintura: *The Last Supper, The Last Supper,* y cada vez le gustaba más.

—En Sudamérica —continuó Trude— eso ha marchado de lo mejor: el negocio es allá firmísimo. Hasta (¿podrás creerlo?, ya tú sabes cómo son aquellas gentes), hasta tuvimos la *chance* de que, en un momento dado, se puso de moda suicidarse con nuestro producto. Figúrate la publicidad gratuita cada vez que los periódicos informaban: «Ingiriendo una fuerte dosis de *La última cena,* puso anoche fin a su vida...»

Ambas amigas sonrieron, llenas de comprensión irónica: las pobres criadas suicidándose por contrariedades amorosas con una fuerte dosis de *La última cena...* Sonreían. Y ahora Trude se concedió una pausa para, cortésmente, inquirir a su vez sobre la vida de Sara.

Después de haber trotado el día entero se estaba bien ahí, charlando con la vieja amiga en aquel rincón apacible y fresco. Pero la otra no lo permitió:

—No, no, ya habrá tiempo; nuestra existencia ha sido bastante insípida; ya vendrán ustedes a casa, y habrá tiempo de todo; ahora háblame más de ti. Todavía no me has contado nada de las cosas de *allá.*

Trude no quería ni acordarse de las cosas de allá.

—¿Para qué volver sobre tales horrores? Procuro borrarlo todo de la memoria, es lo mejor. Quien no lo ha pasado, no puede imaginarse. El pobre Bruno (figúrate, un espíritu tan refinado, una verdadera alma de artista) tuvo que conocer hasta la experiencia del campo de concentración. Sí, casi un año se pasó en el *Konzentrationlager* (allí fue donde, cavilando y observando, y con ayuda de una curiosa casualidad, dio con la fórmula del raticida). El hombre que vale, por nada se amilana. ¡Qué días amargos, pobre Bruno! En cuanto a mí, ¿qué voy a contarte, hijita? Ahora, pasado el tiempo, me extraña, me parece una pesadilla, y casi me da risa. Sí, tan absurdo y tan grotesco fue todo, que me produce una risa fría; es como el recuerdo de un sueño bufo que ha torturado a una horriblemente, pero que, al final, no es nada. Un mal sueño. ¿Podrás creerme si te digo, omitiendo otros detalles, que hasta me hicieron recorrer a cuatro patas y con un bozal en la cara todo el Paseo Central, nuestro paseo de los domingos, te acuerdas, hasta dar la vuelta al Parque?

—¿A ti, querida? —exclamó Sara tomándole las manos, que se le habían puesto temblonas.

Pero Trude, excitada ya, agregó en voz muy alta:

—Y la infamia peor fue obligar a mi niño...

Se quedó cortada. Sara la miraba con los ojillos más redondos que nunca. Le preguntó, por fin:

—Entonces, ¿tienes un hijo?

—Lo tenía —consiguió articular Trude.

Pero ya se había descompuesto, ya no le salían más palabras, gesticulaba en vano. Y Sara, que la observaba con alarma, vio cómo, por último, abría enorme la boca, igual que un perro, y rompía a llorar, a hipar, a sollozar, a ladrar casi.

Consternadísima, Sara Gross oprimió el brazo de su amiga, le tomó la mano.

—Vamos, vamos, serénate, querida, cálmate; la gente va a darse cuenta; tranquilízate, Trude —la exhortó—. Vamos, no hay que pensar más en esas cosas. ¡Ea!, ya

86

pasó, ¿no? Yo tuve la culpa, tonta de mí, por preguntarte; pero ya pasó —le oprimía bondadosamente la mano.

Trude se contuvo, secó sus ojos enrojecidos y sonrió:

—Perdona, Sara; ya pasó.

Ya había pasado.

—Sí, querida, no hay que volver la vista atrás; lo pasado, pasado está. Hablemos de lo porvenir, de ustedes, de lo que vamos a hacer, ahora que estamos juntas de nuevo, aquí en Nueva York.

—Sí, tienes razón —reconoció Trude—. Lo pasado, pasado está. ¿Para qué, si ya aquello no tiene remedio? Hay que seguir viivendo. Perdóname, Sara. Decías que irá bien como marca *The Last Supper* para este país...

(1953)

pino, pero ya no le importaba, quería dejarla...
pero hacía algo con sus manos, como si sonase...
—Me es lo mismo —dijo, con las tejedoras y agujas—.
—Ibolana, sara, se pasa.
...media callada.
—Si quedas un buen cumpleaños la pasa. Está la Pepa con la escuela... Él tenía ya la personalidad frente de lo que somos... todos que sonarán roto. No llevaban agua en puerta. Vaya...
—... pura... algo... empujaste. Traíste... La Pepa volaba en plena... si el aguel no iría conmigo... Hay que escupir jardín... adorarte. Solo, Dios dirige un... con lo que tuviera que las supiera para esta poa...

1955

UN CUENTO DE MAUPASSANT

«Hay situaciones reales que vienen ya hechas como "argumento", que se nos presentan armadas dentro de su forma literaria correspondiente; y esa forma es un estilo personal: el estilo de determinado escritor, que ha percibido en su tiempo muchas situaciones análogas, para las que su sensibilidad resultaba ser idónea, y a las que ha arrendado su pluma una y otra vez, hasta identificarse su firma con ese estilo que no es, en el fondo, sino reiterada captación de un cierto tipo de experiencias humanas. Cuando no tiene la ventura —o, mejor, desdicha— de que le salga al paso y le tiente algún argumento de esta especie, ¿qué hacer? ¿Aprovecharlo, acaso, violentando el asunto para separarse en la redacción propia de la forma que le sería natural —congénita, diríamos—, pero que "pertenece" a equis autor? ¿O incurrir en el *pastiche,* puesta la confianza en que, a pesar de todo, la personalidad de uno se manifieste siempre como al trasluz? Quizás lo más sensato en casos semejantes sea renunciar al argumento, haciéndose cuenta de que ya fue desarrollado por el autor en cuestión (si bien figura entre sus obras hoy perdidas), y dejarlo pasar en la actitud un tanto irritada del menesteroso que contempla las riquezas baldías en el abintestato de un ricachón que no supo o no pudo aprovechar en su vida todos sus predios». Nuestro ilustre amigo sonrió, satisfecho de su tirada; bebió un largo trago de cerveza y chupó su pipa. En seguida se dispuso a continuar; aquello había sido un mero exordio. «Tales argumentos "prefabricados" —aseveró ligeramente— son el demonio. En cierta ocasión tuve que bregar yo con un tema "perteneciente" a Henry James, y puedo asegurarles, señores, que la famosa diferenciación entre fondo y forma no pasa de ser una solemne engañifa. Había tomado los hechos de un sucedido real; pero esta realidad era ya, literalmente hablando, un cuento de Henry James, o no tenía sentido. Y por mucho que insistas en introducir objetos y circunstancias de nuestros días, que James no conoció, el cuento sigue siendo suyo...»

Hizo otra pausa, ésta de duración abusiva, manipuló la pipa y, asegurado de nuestra expectación, siguió diciendo, en tono algo reticente: «pues bien, es el caso que de nuevo me encuentro ahora frente al mismo problema. Pero esta vez los hechos me han ocurrido a mí mismo, y el cuento es de Maupassant». Luego aclaró que no le habían ocurrido los hechos en calidad de protagonista, sino que se había limitado a participar en ellos como testigo. Y condescendió, tras algunas instancias, a relatarlos.

«Ustedes todos —empezó diciendo— conocen al gran Antuña, una de las mentes más esclarecidas, reconocidas y acatadas, una de las más respetadas personalidades de nuestro ambiente». (¡Acabáramos! Se trataba nada menos que de Antuña. Esto le agregaría al cuento sal y pimienta, cualquiera fuese su contenido. Claro que lo conocíamos; ¿quién no iba a conocerle? A Antuña lo conocíamos todos; un poco a la distancia, es cierto, pues él mismo —y era éste uno de los rasgos que más atractiva hacían su figura para nosotros, los jóvenes; aunque tampoco faltaran quienes hablasen de triquiñuela y truco—, él mismo cultivaba su aislamiento, vivía retraído, recatado, usaba la cortina de humo o, en todo caso, evitaba el prodigarse hasta un punto rayano en cicatería. ¿Quién no iba a conocerlo? Adelante, pues.) «Ustedes saben también, creo —prosiguió el ilustre escritor—, que me honro con la amistad de este hombre excepcional desde los tiempos en que ambos teníamos la edad de ustedes y, como ustedes ahora, nos asomábamos al mundo de las letras, con diferentes perspectivas e intereses, pero con augurios parejos. ¡Así se hubieran cumplido, al menos, en cuanto a mí respecta!... A esa vieja amistad debo el privilegio, de veras raro, de poder asomarme a los arcanos "antuñescos", que de entonces acá, y sobre todo a partir del casamiento del filósofo, se han ido haciendo cada vez más herméticos, y de —un poco furtivamente a pesar de todo, lo confieso— escrutar en su fondo. Aquel casamiento tiene, por supuesto, bastante que ver con el desarrollo de su carácter y, ciertamente, con el episodio que quiero referirles... Señores, les suplico: no incurran ustedes nunca en la vulgar propensión de echar a chacota los aspectos domésticos de las vidas egregias. Cierto es que la rutina cotidiana presta un sesgo cómico al porte de cualquier héroe, presentándolo bajo una luz tanto más falsa cuanto que pretende hacerse pasar por la verdadera. Sí, el contraste entre el pensamiento de Sócrates y el tono de sus disputas con Xantipa ofrecerá siempre un fácil recurso a la burla aristofanesca. Pero ¿no admiten ustedes que puede haber algo de profundamente conmovedor y aun de misterioso en la aceptación, por parte de Sócrates, de ese destino sórdido, en cómo asume de manera plenaria y muy consciente el envilecimiento y, con ello, renuncia a tantas, tantísimas posibilidades brillantes de obra y de vida?»

El ilustre escritor dejó pendiente por un rato la interrogación, para reanudar luego: «Ustedes conocen, todos, a Antuña; pero probablemente no conocen a su mujer. En cuyo caso no conocen a Antuña tampoco, permítanme que se lo diga. Conocen, sí, al personaje encantador que, con una sonrisa enigmática, elusivo siempre, entre puertas, al salir de un concierto o en el vestíbulo de la Academia de Artes y Ciencias, se deja arrancar media palabra, emite un juicio ambiguo (¡entiéndalo quien pueda!), y con eso abre de pronto una vista magnífica sobre cualquier asunto para negarse en seguida —con amables modos, pero resueltamente— a adelantar un solo paso más, y dejarlos a ustedes, como es natural, pasmados y ávidos su saber, admirados de esa *nonchalance* que, en términos discretos —y, a causa de ello, seductores—, reproduce el cinismo de un Diógenes... Lejos de mí pretender más auténtica la visión que de él tienen sus vecinos, gente sencilla, alejada de complicaciones intelectuales, para quienes el señor Antuña es, no más, el pobre tipo zarandeado por la cónyuge, zascandileado en la compra de las diarias vituallas, y azacaneado en otros diversos menesteres domésticos, hecho, en fin, un Juan Lanas, y sólo capaz de oponer alguna sonrisa irónica a los improperios que ella le rociaba sin recato; el *Pobre señor,* en fin, con que únicamente lo compadecen. Por otra parte, a mí me ha gustado siempre colocarme un poco en el punto de vista de Xantipa, y buscarle su parte de razón también a ella. Ella, en el presente caso, no es ni mucho menos el monstruo horrible que —lo leo en sus caras— ustedes se están figurando. No, no estamos ante un prodigio de malvada estupidez. La señora de Antuña percibe demasiado bien los quilates del hombre; y las continuas vejaciones que le inflige son, en cierta manera paradójica, un homenaje a su calidad superior. Pero...

»¿Qué vería el bueno de nuestro filósofo en aquella doncella sosa y áspera, que invariablemente repelía con sofiones —verdaderas coces— sus ratimagos, para resolverse a pedir su mano? Nadie se lo explicaba; como no fuera esa misma insipidez del corpachón blancote; o que —a él, tan refinado— le hiciera gracia la entereza arisca de la borrica. El hecho es que, después de haberlo olisqueado un par de veces con displicencia, mordisqueó ella por fin el bien compuesto ramillete de sus amores y accedió al altar... A mí me gusta hacerme cargo de la posición de cada uno, y comprendo cuán insufrible ha de ser el emparejamiento con una persona marca "Antuña". Ustedes saben que en el caso de Antuña el talento no es una cualidad de la que se está dotado o no, como acaso el buen oído para la música; no es que él *tenga* talento en el sentido en que *tiene* ella sus opulentas y desgarbadas caderas. Hasta cabría afirmar que, en tal sentido manifiesto, tangible y palpable, carece de talento (pues ¿qué libros ha escrito, con qué obra puede encandilar a nadie?), o sólo posee dotes mediocres con las cuales ella, que no es nada tonta, está sin condiciones de rivalizar. Lo que llamamos el talento de Antuña es una cualidad subjetiva y casi inefable, un efluvio de su personalidad, y el peculiar atributo de su simpatía.

»Ahora bien, esa simpatía gratuita, que no falla, tiene que serle insufrible —comprendámoslo— a quien, compartiendo el pan y el lecho, se siente excluida, sin embargo, de su poder misterioso, y sólo tolerada por ello, en razón de ser, al fin y al cabo, la compañera de lecho del gran hombre. ¡Qué no deberá hacer entonces éste para propiciarse a la irritada Juno y conseguir que, abandonando la hosquedad de su rincón, se vuelva y consienta en abrirle un crédito de precaria y gruñona benevolencia! ¡A qué humillaciones no estará dispuesto a someterse, por qué horcas caudinas a pasar! ¡Qué abdicaciones no llegarán a hacérsele soportables, o acaso dulces, por tal camino! Su existencia será pronto un sufragio incesante; pues si "a secreto agravio, secreta venganza", ¿cómo podrían satisfacer en la celosa arpía ocultas claudicaciones de alcoba la pública ofensa de una eminencia espiritual tan ostensible? Sólo sacando a la luz del sol los trapos sucios del gran hombre, aireando sus calzoncillos, pregonando sus miserias, rebajándolo de cien mil maneras, hallará lenitivo el amargo sentimiento de una superioridad que no se apoya en méritos positivos, sino que es mera e irritante gracia del cielo... Ustedes, claro está, lo ignoran; pero los vecinos del matrimonio Antuña podrían informales de cómo él, plegado a la situación, acostumbra adelantarse con torpes gracias de perro amaestrado y concita y acumula el ridículo sobre su cabeza aun antes de que la domadora restalle el látigo. Sí, amigos; Antuña se complace en perpetrar payasadas y simular traspiés, incurre en exageradas inepcias de sabio distraído, con ánimo de calmar la envidia de la diosa. ¡Vano holocausto, después de todo! Puede serse un bufón y vencer con piruetas; la bufonada se convertirá en un triunfo más del ingenio, en un juego del que se deriva placer. Y Antuña parece, en efecto, obtener un placer secreto, y quizá muy intenso, de sus pequeñas abyecciones. Pero sobre este terreno prefiero abstenerme de toda conjetura. Si no peligroso, es por lo menos demasiado resbaladizo, y no me gusta hurgar en ciertas cosas.

»Muchas veces me he preguntado, y sé que muchos se lo preguntan igual, a sí mismos y a los otros, en qué demonios emplea Antuña el talento que Dios le ha dado. Resulta fácil hablar de frustración y cómodo por demás echarle las culpas a la Xantipa de turno; pero lo cierto es que él está defraudando la promesa hecha al mundo con su mero existir —esa gran promesa que había sido él de joven—. Vida disipada llaman a la del libertino; pero ¿hay acaso mayor disipación que este anodino vivir de Antuña, este su pasarse el tiempo papando moscas, sin emprender nada, sin esforzarse por nada, en el puro vacío? Él, por propia iniciativa, apenas mueve un dedo; y como el molino de su entendimiento no puede dejar de funcionar —¡ah, si pudiera pararlo y suspenderlo, no pensar en cosa alguna!—, pero como eso no puede, ha urdido y adaptado para su uso personal una teoría de la verdad esotérica que le permite esquivar las apreciaciones de la gente y transigir con el error, con la majadería, prestar una sonriente anuencia al disparate y guardarse para sí sus propias ideas u opiniones. Que en nuestra época es peligroso todo pensamiento, ¡cierto!; y aun, diría yo, el silencio mismo es peligroso. Cierto también que cuanto se salga de los lugares comunes más trillados inquieta a la gente, siembre alarmas y perturba en vano su triste rutina. Pero ¿hay derecho a disimular lo que uno cree verdad al amparo de tan blandengue sofisma, amasado de falsa piedad y efectivo desprecio hacia el prójimo? Esa verdad silenciada, ahogada, se corrompe en su encierro, y termina por desvanecerse, volatilizada como la propia existencia de quien así la cicatea y recata. Jóvenes amigos: eso es lo que le ha pasado al gran Antuña; sírvales de escarmiento. A fuerza de simular que aceptaba los criterios ajenos, sus apreciaciones personales (¿para qué desarrollarlas, si no habían de ser formuladas?) iban quedando reducidas cada vez más a germen y mera posibilidad, hasta, por último, abdicar enteramente de ellas y aceptar por buenas, también para sí mismo, apreciaciones que recibe hechas, o —digámoslo en términos exactos—: las apreciaciones que le impone su señora con la manera imperiosa y apabullante que le es propia. Sí, amigos, a ese extremo hemos llegado —y pueden imaginarse cuánto me pesa el reconocerlo—. Aunque parezca mentira, el filósofo, nuestro pobre Sócrates, se traga y hace suyas las perentorias opiniones de su robusta Xantipa, a quien, ¡claro está!, no le falta lucidez ni la sagacidad suficiente para tornárselas potables, aun cuando, ya en esta vía, haya terminado por hacerle comulgar con ruedas de molino.

»Pero vamos a nuestro cuento; o, mejor dicho, al cuento de Maupassant, del que Antuña es protagonista, y que yo quizá me anime algún día a transcribir como amanuense. ¡Al grano, pues! ¡Quién sabe si les parecerá ahora una tontería, que no vale la pena, después de tanta digresión!...

»Se trata del incidente que surgió, hará cosa de mes y medio o dos meses, entre Antuña y José Luis Durán, otro de los viejos amigos de nuestro grupo. Ustedes supieron algo entonces, probablemente. Fue en el Teatro Municipal, cuando el estreno del lamentable bodrio que todavía se sostiene en el cartel. La cosa no alcanzó proporciones mayores ni llegó a tomar vuelo, gracias sobre todo a la prudencia de José Luis Durán. José Luis Durán es un buenazo. Seguro estoy (dicho sea entre paréntesis) que alguno de ustedes, jóvenes de hoy, se sorprenderá al saber cómo este apacible burócrata aficionado a las artes que es el Durán actual, este asiduo de estrenos y salas de exposición, y discreto frecuentador de corrillos y tertulias, fue en los albores de nuestra generación literaria uno de los nombres mejor cotizados, si no el mejor, y disfrutó de ese prestigio juvenil tanto más imperioso, más irrecusable y fanático, cuanto que se apoya, no en obras tales o cuales, vulnerables siempre, sino en una especie de carta de crédito abierta sobre el porvenir. Gran parte de la consideración que todavía goza es residuo y reflejo de aquella brillantísima promesa curiosamente indefinida, que lo hacía pareja y rival de Antuña en nuestros ambientes de entonces. Si Antuña ha logrado, no sé por qué magia, conservar su autoridad de oráculo, la de Durán, en cambio, se ha ido deteriorando, hasta esfumarse en el halo de consideración personal que todos le disciernen hoy como hombre afable, cortés y económicamente independiente. Desde aquellos días, ya un tanto lejanos, la amistad entre estos dos compañeros, como la de ambos conmigo, se había conservado intacta —con un matiz peculiar y por cierto muy amable en lo que a Durán se refiere; pues, habiendo renunciado definitivamente a toda pretensión de actividad intelectual, pero no al gusto por ella, se ha conducido cada vez más frente a nosotros dos un poco a la manera de mecenas fraternal y discreto, invitándonos, por ejemplo, con bastante frecuencia, a comidas y otras reuniones en su casa, sin posible reciprocidad de parte nuestra; pues él dispone de una casa cómoda, holgada y bien servida, según corresponde a un alto funcionario cuya esposa, además, no fue al matrimonio con las manos vacías. Si nuestra situación no hubiera sido también, como lo es, por suerte, decorosa al menos, bien que, en cuanto a mí, reducida a la modestia que nuestro precario mundo literario impone aun al escritor de más éxito, no tengo la menor duda de que Durán hubiera acudido a demostrar su buena voluntad de amigo siempre que un caso de apuro lo hiciera menester. Más aún: sospecho —lo sospecho tan sólo, pues, es claro, ninguno de los dos iba a contarlo; pero pondría la mano al fuego— que Antuña ha recibido de Durán, y no una o dos veces, junto a todas las demás constantes atenciones, apoyos de especie muy efectiva, que yo nunca me he visto en el caso de requerir, gracias a esta mi vida de cenobita consagrada por entero al arte y sin otras obligaciones que las muy sumarias de un solterón entrado en años. El ser le plantea a Antuña muchas más exigencias; pero, por otro lado, su amistad con Durán está duplicada y reforzada con la de las respectivas esposas, camino menos áspero para que el mecenazgo pueda marchar sin tropiezos y sin la violencia que siempre tienen las dádivas de hombre a hombre. ¡Cómo no había de asombrarme el incidente del Teatro Municipal, por resultas del cual están hoy enojados mis dos amigos!

»Yo no presencié la cosa. Me contaron —y si alguno de ustedes estaba por casualidad presente, que me rectifique—, me contaron que hubo palabras gruesas, gritos, y, a no ser que los separan, aquello termina a puñetazos. La gente arremolinada alrededor percibió que el motivo de la discusión era la ropa de las señoras, y repararon entonces todos, con curiosidad divertida, en que la de Durán y la de Antuña exhibían idéntica *toilette,* sendos vestidos de *satin bordeaux,* con iguales escotes cuadrados y los mismos bullones recogidos a lo largo del talle. Así fue que, entre la general expectación, abandonaron cada cual por su lado el teatro: la de Durán, medio encogida con el sofocón, secándose los ojos y colgada del brazo de su marido, y la Antuña, muy pálida y tiesa, abriéndose paso, majestuosa, con su filósofo a la zaga... Yo no estaba allí; ustedes saben, mis jóvenes amigos, que no me gusta perder tiempo y dinero en estrenos como los que suelen brindarnos en el

Municipal; el espectáculo de la necedad humana me deprime... De modo que cuando al otro día lo supe, me puse en campaña de inmediato para averiguar lo sucedido y buscar remedio, pues se trata de dos viejos compañeros de quienes jamás, ni en sueños, hubiera esperado el escándalo de una pelea en público. Les aseguro a ustedes que estaba alarmado, agitado, sospechando algo grave en el fondo; y me dirigí en busca de Durán —a Antuña, para verlo a solas, hay que acechar las oportunidades—; fui a ver a Durán en su oficina del Ministerio, y por él me informé con algún detalle de lo ocurrido. Durán estaba dolidísimo y, más aún, desconcertado. Me dijo que, al comienzo, cuando Antuña empezó a increparlo a cuenta de los vestidos, no conseguía entender nada, creía que se trataba de una broma, de alguna payasada un poco excesiva de nuestro amigo. En resumidas cuentas —me aseguró—, esta es la hora en que todavía no había logrado percatarse de por qué le exigía explicaciones y le pedía una reparación en forma tan airada. Al parecer, la esposa de Antuña se había enfurecido viendo, al entrar en su palco el matrimonio Durán, que la señora llevaba un vestido gemelo del suyo. Había tomado eso, ¡quién sabe por qué!, como una jugarreta intencionada e intolerable... Durán no quería hablar. Se mostraba apesadumbrado y, sobre todo, herido e indignado por la manera perentoria, absurda, estúpida, en que Antuña había provocado el incidente. ¡Aun en el supuesto de que hubiera tenido la más leve sombra de razón!... Como yo lo estrechara a preguntas, me precisó Durán que, en efecto, ambos vestidos eran obra de la misma modista, la de su esposa; el hacerlos sobre igual modelo podía ser una maldad o una sandez de la mujer —probablemente, sólo una sandez—, y produjo también muy desagradable impresión a su propia esposa, sin que el asunto, por lo demás, mereciera tanto ruido. ¿A santo de qué tenía su mujer que presentar excusar a la de

Antuña, según éste pretendía? Era una insensatez. Con igual base hubiera podido pretender él lo contrario. Resultaba increíble... Y así por el estilo. José Luis Durán se contenía, no quería desfogar su indignación; estaba refrenándose; prefería no hablar. Pero, al mismo tiempo, con la cólera del manso, se mostró irreductible a todas mis sugestiones de mediación, y rechazó mi intento de quitar importancia al asunto. Yo, que conozco a mi gente, renuncié a ensayar paliativos por ese lado, dispuesto a atacar más bien la cuestión por el lado de Antuña, demasiado lúcido para no tener conciencia de cuán injustamente había tratado a nuestro común amigo. Y cuando, por fin, pude echármelo a la cara, el filósofo me confesó, en efecto, que él también estaba muy apesadumbrado, que el trance le había resultado penosísimo, un trago amargo; pero que, ya se sabe, eran cosas de mujeres; y poniendo los ojos en blanco me felicitó en su tono semihumorístico por haberme sabido mantener en el dichoso estado de celibato. Gestos, frases sentenciosas y elípticas, generalizaciones, iban tejiendo ante mí una red defensiva que, agotada mi paciencia, rompí de un manotazo al pedirle que me contara, en concreto, lo sucedido. Entonces él, con acentos que reclamaban mi comprensión bajo el chantaje de darla ya por supuesta, me refirió —"¡cosas de mujeres!"— que la de Durán había querido regalarle a la suya ("regalos que yo detesto") un vestido para la fecha de su cumpleaños, y la había enviado a su propia modista para que le encargara el que fuese de su antojo. "De esas innecesarias familiaridades vienen luego estos líos", comentó. "Pues bien, cuando en la noche de marras estaba tan satisfecha la pobre luciendo en el Teatro Municipal el fruto de su elección, hete aquí que ve aparecer a la otra vestida exactamente igual. Se le sube la sangre a la cabeza, se obceca, a punto estuvo de darle allí mismo un patatús —el filósofo sonreía, entre consternado e irónico—; total, que yo, por si fuera

99

poco aguantar la lata del estreno, no tuve más remedio que hacer lo que hice para calmarla". ¡Dijo que no había tenido más remedio! Y, pasando como sobre ascuas, se deslizó en seguida hacia una serie de observaciones perspicaces y un tanto melancólicas, deliciosas en cualquier otra ocasión, acerca de esos vestigios de individualismo en un mundo como éste, tan socializado y uniformado, donde ya la mayoría de las mujeres no podrían entender siquiera el malestar, desazón e ira de estas dos damas al verse, una en presencia de la otra, portadoras ambas de la misma librea, cuando la satisfacción de la gente, su mayor tranquilidad y sosiego, está en reconocer sus gustos, sus ideas, sus amores, sus preferencias, sus trajes, endosados en miles de otros individuos. Etcétera, etcétera. Hasta quiso traer a colación una vieja anécdota de aquel soldado narcisista que se hizo hacer su uniforme en seda y con detalles de fantasía. De nuevo tuve que acorralarlo para que no se saliera por la tangente. "Pero, hombre —le dije—, bien está todo eso; pero tú comprenderás que el pobre José Luis..." "Sí —me atajó—, ya te digo que para mí ha sido una cosa bastante penosa, puedes figurártelo. Pero ¿qué querías que hiciera? Me encontraba entre la espada y la pared". Tratando de sincerarse conmigo, ponderó mucho Antuña los vanos esfuerzos que, antes, había realizado para persuadir a su mujer, traerla a razón, hacerle ver que aquella coincidencia no podía ser sino casual, pues tampoco a la otra había de gustarle, convencerla de que lo mejor sería salirse del teatro con disimulo, bajo promesa firme de luego aclarar él lo que hubiera debajo del asunto para actuar enérgicamente si se descubrían malas intenciones por parte de alguien. De nada valieron promesas ni ruegos. Frenética, afirmaba ella, erre que erre, estar segurísima de que se había querido humillarla con una pantomima idiota; que eso era una canallesca trama urdida con la modista, quien ahora comprendía ella por qué tanta

100

insistencia, al mostrarle los modelos, en que aquél tenía entusiasmada a la señora de Durán; era para infundirle astutamente el antojo de encargárselo... Y para de este modo, todas las exhortaciones del filósofo servían tan sólo para encresparla más y más. En una palabra: que Antuña se vio en el trance lamentable de enfrentarse a Durán y exigirle pública explicación.

»Les aseguro a ustedes que, al oírlo, me montó al pecho una oleada de indignación —indignación mezclada de lástima, de asco, no sé—. Le dije —tratando, sin embargo, de medir mis palabras— cuanto se me vino a la boca, le afeé su conducta de mil maneras y, por último, con las precauciones del caso, invoqué la tradición literaria a que pertenecen el cuento de don Juan Manuel sobre el mancebo que casó con mujer brava, y *La fierecilla domada* de Shakespeare, para concluir, ya en forma imprudente, lo reconozco: "Yo que tú, Antuña, antes que dejarme mangonear así por mi mujer, le suelto aunque sea un soplamocos". Me quedé callado. Él estaba escrutándome con ojos sumamente irónicos, casi burlescos. Me contestó: "¡Cómo se ve que tú no te has fijado en sus bíceps!"»

El ilustre escritor había terminado su cuento. Encendió una vez más la pipa laboriosamente, y la succionó dos o tres veces con afán, con satisfacción. Luego, paseó una mirada de inteligencia alrededor, sobre nosotros todos.

«¿Sabe lo que le digo, maestro?», profirió entonces Calvet, una de nuestras mejores promesas jóvenes. «El cuento será, si usted quiere, de Maupassant; pero el protagonista es un personaje de Dostoyevski.»

(1954)

EL COLEGA DESCONOCIDO

Maduro en años, grueso de carnes y avezado a los sabores capitosos de la fama literaria, ducho en el arte de componer las dignas actitudes apropiadas a su prestigio creciente, «joven maestro» todavía —pese a sus canas, quizás algo precoces—, pero ya infaliblemente destinado a cosechar todas las glorias, laureles y galardones con que la sociedad suele premiar el mérito acreditado en el ejercicio de las letras (pues él, que desde los comienzos mismos de su carrera había sido saludado como exponente genuino de la nueva generación, pronto vio a su nombre rebasar las fronteras del país para convertirse en uno de los más brillantes del Parnaso americano, y ahora, desde hacía más de un decenio, paladeaba la frecuente satisfacción, no por repetida menos intensa, de leerlo impreso en la tapa de hermosas ediciones, junto a palabras extranjeras, que traducían los títulos de sus libros); en fin, cuando ya su personalidad de escritor estaba hecha y su firma consagrada, le sobrevino a Pepe Orozco una experiencia que durante cierto lapso —semanas, y aun meses— amenazó perturbar la feliz, ordenada y fecunda prosecución de su obra, haciéndola vacilar desagradablemente en su seguridad sobre lo bien fundado de aquella tan envidiable posición suya en la vida literaria.

Quizá con este modo de expresarme estoy dando una idea desmesurada del verdadero alcance de la anécdota. Si he dicho que «le sobrevino» —y hubiera podido también decir: «le asaltó»—, es por el carácter inesperado, extravagante, de la ocurrencia, no por su gravedad; gravedad, no tenía ninguna; no tuvo tan siquiera la menor importancia, ni, por supuesto, efectos ulteriores. Fue más bien un suceso trivial, de sesgo resueltamente cómico, cuyas proyecciones todos nosotros nos divertimos en exagerar durante una temporada... Y paso ya a relatarla sin otro preámbulo, tal como me aconteció presenciar los hechos.

Tuvieron éstos lugar —o comienzo, para ser exactos— durante una fiesta de Embajada, donde nos hallábamos un día Pepe y yo, y otros amigos, conversando en grupo aparte, pues la verdad es que a casi nadie conocíamos entre los demás invitados y aún no se había llegado a ese punto en que, gracias no sólo tal vez a la familiaridad adquirida con el ambiente, sino al estímulo de alguna bebida oportuna, se renuncia al fin, sin que nadie sepa por qué, a la excesiva, tímida y suspicaz reserva; aguardábamos, digo, todavía ese raro momento, cuando el joven agregado cultural, que visiblemente se desvivía por cumplir su misión, se nos acercó acompañando a un señor de aspecto agradable, un hombre en la primera parte de la cuarentena, y, después de habérnoslo presentado, lo abandonó con cierta precipitación entre nosotros, que, por nuestra parte, habíamos tenido que suspender a su llegada una charla no demasiado interesante ni íntima, pero inapropiada desde luego para un extraño.

Cayó, pues, el recién venido en un pozo de silencio, cuyo embarazo buscábamos todos cómo superar. Pero fue él mismo quien tuvo la habilidad y la soltura de hacerlo, dirigiéndose a Orozco, que seguía parado en el centro del grupo.

—Perdón, señor; me parece haber oído —le dijo— que su nombre es José Orozco...

Y como él asintiera con un pequeño y satisfecho movimiento de cabeza, le preguntó en seguida:

—¿No será usted quizás hermano del comandante Orozco?

Para desencanto suyo, Orozco respondió que no; pero

el interpelante, incrédulo, defraudado y, al parecer, no demasiado dispuesto a resignarse, insistió con desanimada voz, más como quien comprueba y deduce, que como quien pregunta:

—Entonces, ¿no es usted hijo del general Orozco?

Hace bastante tiempo que soy amigo de Pepe para que pudiera engañarme sobre el efecto que tales majaderías le habían de producir. Todavía sonriente, respondió, sin embargo, al desconocido:

—Mi padre era abogado...

Y el desconocido, a su vez, atrapado ya en un diálogo para el que había pensado disponer de referencias, asideros y apoyaturas abundantes, que ahora, de pronto, le fallaban, conjeturó por decir algo:

—En tal caso, probablemente usted también será abogado...

Nos miramos unos a otros, los amigos, con asombro y escándalo, con estupefacción. ¿Era posible que el nombre de José Orozco nada le dijera a aquel sujeto? O, quizás, la turbación, el desconcierto... Pero ya Pepe, con divertida bonhomía, acudía a informarle:

—No, señor, no; yo soy escritor.

Y aquí vino lo bueno: en seguida vimos que el rostro desconocido se iluminaba de nuevo, y hasta empezaban a rebrillar sus ojos oscuros tras de los severos vidrios de sus lentes.

—¿Escritor? —exclamaba con alborozo, para declarar luego—: ¡Formidable! También yo soy escritor.

La cara de Orozco, en la que habían estado latiendo casi imperceptiblemente algunos tendones, se redondeó con esto, jocunda, en una expresión de maliciosa sorpresa; los ojos se le perdían en ella, ahora, como dos pequeñas heridas frescas. Cualquiera podía advertir, yo advertía con leve alarma, la tentación de risa retozándole en el cuerpo. Acudí, intervine, dije:

—¡Caramba! Aquí, por lo que se ve, todos somos escritores. ¡Qué suerte! Y usted, señor mío, ¿qué es lo que escribe? ¿Tiene algo publicado?

Lo inesperado, de nuevo: me respondió que sí, que varios libros: prosa y verso. Su sencilla declaración provocó un silencio. Pero yo volví a la carga:

—¿Me permite, señor (y perdone), que le pregunte su nombre? No pude oírlo bien cuando nos presentaron...

—Con el mayor gusto —me contesta; e inclinándose un poco—: Alberto Stéfani, para servirle... ¿Así que también usted escribe? —me preguntó ahora a mí.

Otra vez cambiamos, el grupo de amigos, una mirada entre nosotros. No sabíamos cómo tomar aquello. Por lo pronto, el nombre de semejante autor, Alberto Stéfani (y autor, tan luego, de varios libros: prosa y verso), nos resultaba en absoluto nuevo. Y, en seguida, el hombre va y me pregunta —¡a mí, que cotidianamente hago gemir las prensas!— si yo también escribo... Parecía broma, y sólo en broma podía tomarse. Lo tomamos, en efecto, a chirigota, dejando que nuestras ojeadas chispeantes de mal disimulada burla estallaran en comentarios jocosos y risas tan pronto como el pintoresco sujeto nos liberó de su presencia y volvimos a hallarnos solos. Precisamente era Pepe Orozco quien más parecía solazarse con el caso cuando, poco rato después, apartados en un saloncito, casi un rincón, ante cuya entrada evolucionaban los invitados a la fiesta, ya numerosos en exceso, nosotros nos entreteníamos en dar ochenta mil vueltas al curioso escritor desconocido, que, por un lado, y en justa reciprocidad a nuestra ignorancia, tan cabalmente había demostrado ignorar, no ya nuestras modestas pero sin duda notorias actividades literarias, sino hasta uno de los nombres más de cuenta, hoy por hoy, en las letras del país y del mundo, como es el de José Orozco, principal blanco, en la ocasión, de nuestras bromas cordiales, que él mismo se complacía en provocar y fomentar sin cansancio.

A esto se reduce la anécdota. Como bien se advierte, una mera curiosidad amena, un episodio pintoresco, y nada más... Pronto se me hubiera olvidado, a mí como a los demás, si, días más tarde, cuando volví a encontrarme con Pepe, no saliera a colación de nuevo el tema, suscitado por no sé qué alusión fugaz. Me contó Pepe entonces cómo, habiéndose tropezado aquella misma tarde en el portal de la Embajada con el joven agregado cultural, que también se retiraba de la fiesta, aprovechó la oportunidad para sonsacarle discretamente acerca del inverosímil personaje y cómo había sido invitado. «¡Qué interesante me ha resultado —le había dicho— conocer a ese escritor, ese señor Stéfani que usted tuvo la bondad de presentarme! ¡A veces los escritores nos movemos en ambientes tan distintos...!» El *attaché* se había ruborizado hasta la raíz de su rubio pelo, explicando con premura que, a su entender, el señor Stéfani había sido invitado por sugestión informal del Ministerio de Educación, al que tal vez se habían pedido algunos nombres, pues —sonrió— las representaciones diplomáticas siempre tienen que considerar... Esta explicación, demasiado prolija, hizo sospechar a mi amigo que no habían faltado discusiones en la Embajada en torno a la lista de invitados, y le había puesto en deseos de averiguar más sobre la personalidad del colega desconocido, como en nuestras chanzas le motejáramos. No me dijo por el momento Orozco, pero me lo confesó más tarde, que había cuidado de procurarse sin tardanza un par de libros, publicados, en efecto, bajo la firma de Alberto Stéfani.

—Y ¿cómo son? —le interrogué con vehemencia.

—Puedes imaginártelo —rió él.

Y su risa expresaba, concentrado, todo el sinsentido, la espesa vulgaridad, el sentimentalismo huero, la nonada que, después, cuando en su casa pude hojear los dos volúmenes que, sin decir palabra, me puso entre las manos, montó hasta mis narices desde sus páginas en nauseabunda tufarada.

Volvimos a hablar del caso en esta y otras ocasiones. Yo aventuré el siguiente sofisma: que nosotros debimos de parecerle al hombre tan absurdos como él nos había parecido a nosotros. «No hay duda —razoné— de que él se toma a sí mismo muy en serio como escritor; él había publicado sus libros, como nosotros los nuestros; y nosotros, sin embargo, no teníamos mayor noticia de su persona y obra que la que él tenía de las nuestras. ¿Entonces? ¿Por qué creemos...?» Pepe concedió a este mi juicio pirrónico más peso del que yo le atribuía, pues abundó, corroborándolo:

—Y, además, la Embajada lo había invitado en su calidad de escritor, igual que a nosotros.

Estaba algo preocupado, de eso pude darme cuenta; pero sólo más tarde supe hasta qué punto: sólo cuando, pasado el tiempo y disipada aquella nube de perplejidades, él mismo me relató un día la pequeña odisea de sus tanteos, aprensiones y erráticas dudas. Por suerte, no había tardado mucho en recuperar la seguridad de que no cualquier brazo es capaz de tender el arco del gran arte, y pudo contármelo todo con su habitual humor risueño.

Consistía ese *todo*, simplemente, en el descubrimiento y exploración de un mundo literario subterráneo o clandestino, por cuyos vericuetos se había dejado ir mi pobre amigo durante algunas semanas, corriendo de hallazgo en hallazgo, de sorpresa en sorpresa, y pasando tramujos de los que ahora se reía con muy buena gana. Ya la presentación de Stéfani, el «colega desconocido», le había permitido entrever ese mundo cuya existencia él ni sospechaba (ninguno la sospechábamos), y que, pasada aquella primera impresión *amusée* que habíamos recibido todos, comenzaría a concretarse ante sus ojos y crecer con pujanza alarmante, como esas conjuraciones que sólo cuando, por fin, se han puesto en movimiento, muestran la magnitud imponente de la amenaza incubada a la sombra durante quién sabe el tiempo. Llegó, en efecto, a temer Pepe Orozco por instantes que el mundo secreto de la conjuración literaria prevalecería sobre el orden legítimo de las letras y conseguiría abolirlo, disolverlo, anularlo. Para hablar sin metáforas: llegó a sospechar que este orden legítimo, ese conjunto de relaciones, jerarquías, valoraciones, juicios, etcétera, al que él y nosotros todos pertenecíamos y al que denominábamos como cosa obvia «el mundo de las letras», pudiera ser en verdad el clandestino y subterráneo; y, más que clandestino, quizás un mundo deleznable, nimio, inexistente, ilusorio, espantosamente fantasmal —aunque ¡sí, también clandestino!—, pues, de hecho, nuestras relaciones, jerarquías, valoraciones, juicios, etc., permanecían ignorados fuera del breve ámbito de nuestras *coteries,* mientras que todo un grande y compacto público respaldaba y seguía con entusiasmo, en el ancho mundo, la producción de esos otros escritores que, si nosotros desconocíamos, era más por desprecio que por verdadera ignorancia. Pues ¿cómo nosotros, escritores, gente que tiene por oficio escrutar en torno suyo; cómo, si no, hubiéramos sido lo bastante ciegos para no reparar en una realidad que alentaba delante de nuestras narices y que, lejos de ocultarse ni de disimularse (razón por la cual, dicho sea entre paréntesis, resulta inadecuado calificarla de «conjuración»), procuraba manifestarse, ostentarse, evidenciarse, llamar la atención por todos los medios, asomarse y gritar en todas partes? Así, por un monstruoso error de perspectiva, por una increíble aberración, nosotros estaríamos viviendo en sótanos y cloacas, mientras despreciábamos desde ahí la ciudad del aire libre y de la luz, poblada por gentes que nos parecían inferiores. O, para usar de una comparación menos sucia, éramos las sombras o reflejos que, cabeza

109

abajo, repiten con temblores tenues dentro del agua, la imagen de quienes andan pisando con paso firme la tierra.

Antes de nada, había reparado Orozco en el hecho de que el Ministerio propusiera a la Embajada el nombre de Stéfani como el de un escritor representativo al que debía invitarse para una recepción de aquel género. Se preguntaba qué otros nombres igualmente insospechados podía haber recomendado el Ministerio, qué otros «colegas desconocidos» estarían presentes en la fiesta sin que a nadie le hubiera dado la ocurrencia de ponerlos en contacto con nuestro grupo. Con una sonrisa, consideró lo incalculables que resultan las opiniones y preferencias literarias de los políticos, y cómo a veces la circunstancia de ser, por ejemplo, cuñado o primo o contertulio de la mujer del ministro, de un director general acaso, basta para que tal poeta chirle o tal periodista adocenado y oscuro ocupe alguna posición administrativa influyente y, por supuesto, bien rentada, gane un concurso oficial o aparezca en una fiesta de Embajada representando, tan orondo, a la intelectualidad del país, cosas todas ellas sin verdadera trascendencia, y acerca de las cuales, ¿quién va a engañarse, sino los tontos, que, por lo demás, tanto abundan? La literatura, el arte, no son, por supuesto, materias en que el Estado y sus funcionarios tengan competencia. Y sólo, como es sabido, la espontaneidad de la vida social permite, con su libre juego, que se compulsen y se discriminen y se asienten los valores.

Pero esta reflexión sensata perdió pronto su virtud tranquilizadora sobre el ánimo de Orozco cuando, días más tarde, inquirió, como de pasada, en la librería de Santos, por entre cuyos mostradores y estanterías solía darse alguna vuelta, si acaso tenían los libros de Alberto Stéfani, y el propio Santos López, tras haber observado un momento por encima de sus gafas la cara impasible del ilustre escritor, sonrió extrañamente complacido de su in-

terés y se apresuró a traerle cuatro volúmenes de título y
formato diferentes, ofreciéndose a buscarle también, si lo
deseaba, *El barrio maldito* y *Corazón de seda,* que estaban
agotados desde hacía meses, pero de los cuales quizás él
pudiera conseguirle algún ejemplar, aunque no fuese de la
última edición. «Pues ¿tanto se venden estos libros?», había preguntado Orozco. Y el librero Santos, usando de
circunloquios para no herirle con el contraste implícito
(aunque inculto, el viejo no dejaba de tener su gramática
parda; era un gallego astuto), le hizo saber que los libros
de Stéfani, «mediocres como son a juicio de los entendi-
dos, aunque algún mérito han de tener», dijo, se tiraban
en copiosas ediciones que era necesario repetir una vez y
otra... De aquellos cuatro eligió dos Pepe, los mismos que
yo pude hojear en su casa. Y ante prueba tal del favor
público, tuvo que modificar el contexto de su reflexión
consoladora, descalificando ahora también al vulgo, a la
multitud pedestre y analfabeta, cuyo gusto no puede ser
sino detestable, después de haber descalificado, como antes
lo hiciera, a políticos y funcionarios. Por el estilo de Stéfani serían, eran sin duda, legión los escritores populache-
ros que sabían convertir en moneda contante y sonante su
cháchara idiota, sus gracias de tercera mano o sus llori-
queos grotescos. ¿Merecería eso acaso el nombre de literatura? ¿Podía llamarse literatura a los novelones de la
radio, a los monólogos y diálogos de tabladillo, a las letras
para canciones, tangos y boleros, a los reportajes trucu-
lentos, a...? Porque en tal caso...

Pero, aun así, y por mucho que el argumento pareciera
imbatible, a Orozco le había hecho perder aplomo el nuevo aspecto de las cosas. Suprimido el reconocimiento oficial, y con muy buen acuerdo, suprimido el apoyo y aplauso popular, con no menor razón (y ¿no eran ambas, por
ventura, cosas idénticas en una democracia como la nuestra?), ¿cuál sería el terreno propio de las bellas letras, cuál

su base de operaciones y cuáles sus efectos? ¿No se reducirían, en suma, a un mero juego, bastante pueril, en el que se entretenía un grupo de desocupados, ilusos o tontos hasta el grado de terminar por tomárselo en serio?

Las largas tiradas de la literatura «stefanesca» o «stefanil», frente a los escasos miles de ejemplares cuya venta él, José Orozco, un autor de tan firme reputación, consideraba como éxito satisfactorio, adquirieron a los ojos de mi amigo el valor de un símbolo, símbolo amargo donde se cifraba el poder social bien cotizable logrado por periodistas sensacionales, el dinero ganado a montones por libretistas de cine y de radio y, sobre todo, lo que más importa: la influencia que sobre la mente y la conciencia de las multitudes ejercían tantos y tantos escritores chapuceros como, aun produciendo obras de muy baja calidad, y precisamente por ello, atinaban a engranar con la majadería común. Le daba vueltas a la cuestión y, aparte de todo, se asombraba Pepe de no haber concedido jamás ni la mínima atención a ese mundo o submundo literario, cuya presencia —bien se percataba ahora— era abundante y ubicua; no comprendía cómo pudo haberse movido hasta entonces sin reparar en él, cuando ahora se lo tropezaba a cada paso... Es claro que nosotros mismos somos, ¡ay!, los autores de nuestra propia experiencia, los novelistas y dramaturgos de nuestra vida, y que hay culpa o mérito en que le suceda a uno lo que le sucede. Pepe Orozco, seguro de sí, soberbio en su triunfo, de pronto, en este momento, en esta precisa coyuntura, a saber por qué, cuando se asomaba ya a los paisajes apacibles de la madurez, desencadenó una serie de preocupaciones que por instantes lo llegaron a embargar y turbar seriamente; y eso, a partir de una anécdota risible. De modo que, si antes había hecho caso omiso de todo el dilatado imperio de la necedad, donde triunfaba y se expandía, lozano, lo que él juzgaba nulo, en cambio, durante estas semanas azarosas, cuyas tribulaciones me contó cuando ya todo había pasado y otra vez se sentía asegurado, tranquilo y sonriente, durante esa cruel temporada, en cambio, se había dedicado a explorar los sectores y rincones del azorante imperio con preocupado interés. Y decir interés es poco decir: inquietud, terror a ratos, y siempre pasmo, fueron los sentimientos que lo habían poseído, y con tanta más violencia cuanto más chata era la necedad, más clamorosa la inepcia, más irremisible la nonada que veía prevalecer, concitar aplausos y prestar autoridad a los increíbles escritores del otro campo de las letras al que ya no se atrevía siquiera a clasificar de clandestino ni fraudulento, sino sencillamente de «otro».

Las grandes ediciones y correspondientes ganancias de Alberto Stéfani —«el filósofo del corazón», según la gente le llamaba; y no había tardado mucho en averiguar Orozco por el mismo librero Santos, mediante un empeñado torneo de reticencias que, en su género, no era único Stéfani, ni tan siquiera el más favorecido del público—, el éxito, en fin, de esta laya de escritores, con ser sorprendente e indignante, aunque a la postre muy explicable —pues bastaba con reflexionar un momento sobre ello—, ese éxito de librería constituía tan sólo un aspecto, y no demasiado saliente, de las actividades que se desenvuelven en el otro campo de las letras. Ahí estaban todavía los folletos, que Pepe había visto siempre (sin verlos) en los quioscos, y sobre cuyas tapas lustrosas lucían retratos de individuos policromados, relamidos y pretenciosos, caras cretinísimas de personajes que, sin duda alguna, eran mandarines de aquel imperio, famosos cual pueden serlo, dentro de sus fronteras, escritores lituanos o sirios de los que no tiene uno la menor noticia; ahí estaban las revistas ilustradas, las revistas cómicas, las revistas deportivas y hasta los mismos diarios de la tarde, con sus colaboradores permanentes, cuya firma llegaba a multitudes incalculables y era apreciada por ellas; ahí estaban esos poetas, dialoguistas, autores de *sketches,* que hacen vibrar diariamente el aire con sus emisiones radiales, suscitando las carcajadas o arrancando lágrimas y suspiros de infinita gente, los pergeñadores de novelas que apasionan y absorben y son el principal alimento para la fantasía de una inmensa cantidad de seres humanos, pendientes de aquellos destinos con los cuales —inconsistentes, fútiles y falsos— se identifican sin embargo... Recurso frívolo, irrisorio de veras, resultaba, ante la fuerza de esa realidad, el de meter la cabeza bajo el ala; con mayor brutalidad se le venía a uno encima ahora, inesperadamente.

Y lo cierto es que todos estos hechos, claros, simples, concluyentes, hacían trastabillar a Orozco, que con tan seguro paso recorriera hasta entonces las etapas de su carrera de *homme de lettres.* Justamente por aquellos días de su más grave vacilación vino a caer una de esas enojosas celebraciones familiares a las que no siempre conseguía sustraerse Pepe, obligado, por condescendencia hacia su esposa, a pagar de vez en cuando el tributo de su presencia en reuniones que, a fecha fija, trivializaban la piedad doméstica con alguna pacata orgía de *sandwiches* y coca-cola, más excepcional copa de jerez para el tío de Rodríguez, director de una sucursal del Banco Inmobiliario, para la viuda del ingeniero Orduña, para el propio Orozco y apenas un par más de parientes distinguidos, los mismos que solían retirarse, no sin general resistencia, a la hora en que los muchachos aprontaban la radio o la gramola para bailar en el patio. Esta vez, cuando la señora de Álvarez Soto le preguntó a Orozco si continuaba trabajando en Correos y Telégrafos y Álvarez Soto se apresuró a informarla, antes que él mismo respondiera, de que Pepe no trabajaba en Correos y Telégrafos, sino en la redacción de *El Correo,* cuya empresa, era en verdad, tan importante como un Ministerio, mi amigo recordó que igual equívoco había dado lugar el año anterior a un diálogo en iguales términos, casi con las mismas palabras, entre el matrimonio Álvarez Soto con él «de cuerpo presente»; mas, en lugar de crisparse ante lo ridículo de la situación y aplicarles en su fuero interno el dicterio de imbéciles, extensible a toda aquella honorable reunión, y a sí propio por haber accedido a participar en ella, sintió ahora una especie de raro sobresalto y le echó a la señora de Álvarez Soto, que lo contemplaba con benévola aprobación desde sus gafas de miope, una mirada en la que no hubiera sido difícil discernir un matiz de timidez. Así me lo confesó hablando de sí como si se tratara de otra persona. Y tampoco había aprovechado ese día el momento de organizarse el baileteo en el patio para escabullirse, según hicieron los demás personajes solemnes de la familia, sino que, al contrario, fue y se instaló en un rincón, junto a una maceta, con gran sorpresa de su mujer, que no dejaba de espiarlo. Y allí, medio oculto, emperezado, hundido en reflexiones vagas acerca del sentido que tuviera, si alguno tenía, el esfuerzo contenido en su obra de artista, convino, al final de una empeñada discusión consigo mismo, en que quizás había vivido un enorme engaño, engaño colectivo, sin duda; compartido con otros de su calaña, pero definitivo engaño, y que todos sus pretendidos valores se reducían a trampas y pretextos en una lucha de vanidades sobre la mísera base de ingresos análogos a los que, sin tantas penas, péñolas ni penachos, obtiene cualquier modesto oficinista en empleos oficiales o del comercio privado. El propio periódico donde trabajaba, ¿no era, acaso, una empresa comercial? ¿Qué tanto tenía que ver su obra literaria con lo que esa empresa le pedía y exigía de él a cambio de su sueldo? A los ojos —también miopes— del gerente, ¿era él, por ventura, algo más que un empleado, colocado ahí como pudiera haberlo estado en Correos y Telégrafos? Eso, y nada más. Y como eso tomaban también el periodismo casi todos sus compañeros de redacción: como un empleo, aspirando a utilizarlo de trampolín para saltar el escalafón del Estado, a la política; de modo que ante ellos él, con sus libros y demás, aparecía (y sobre este punto sí que nunca se fraguó ilusiones, aunque, por supuesto, los había desdeñado siempre), aparecía haciendo la figura de un tonto engreído y presuntuoso, personaje menor al que se fingía respetar, y nada más. «En aquellos minutos —me declaró Pepe, serio de pronto— comprendí que iba a tocar fondo; y hasta había una fea especie de placer en sentirse tan sin remedio perdido». Dudaba si esa imagen del ilustre escritor José Orozco no sería, después de todo, exacta, y él, en el fondo, un pobre diablo, y su vida entera una pura majadería.

Hundido, emboscado tras de la palmera doméstica, se dirigía tales preguntas acerbas cuando he aquí que, por si fuera poco, una nueva aparición del otro mundo literario irrumpe sorpresiva y gloriosamente, triunfalmente, en el patio, para borrarlo y desvanecerlo a él, laminarlo, dejarlo reducido, en fin, a una mera sombra que se repliega contra la pared, que se encoge y arrincona ante el brillo de nueva luminaria. Traje a rayas, bien peinada la cabeza, y un derroche de simpatía como para que la gente se hiciera lenguas, el recién llegado era —con perdón sea dicho— el tipo cabal del pendejo; pero, si se trataba de confrontar corporeidades para obtener una conclusión sobre lo fantasmagórico y lo real, quién hubiera podido negarle consistencia a sujeto que así se mueve, gesticula, salta, grita, ríe y zascandilea entre la gente joven, más dinámico que todos ellos, dejando con la boca abierta a tantas encantadoras mujeres que se saben de memoria sus letras sentimentales, cuyos delicados acentos han competido con distinta fortuna por reproducir en las inflexiones de su voz, y que ahora no dan crédito a sus ojos viendo el espectáculo asombroso de su ídolo, estrella inaccesible, fabulosa, inmensamente lejana, aquí, en este patio, flaquito él, amenísimo y perfumado, alternando con todo el mundo en actitud tan sencilla que, cual rasgo de bondad inmensa, hacía brotar las lágrimas... No, ni siquiera se le ocurría a José Orozco la idea de medir su figura de escritor, demasiado cuestionable, compuesta de rasgos sutiles, de matices casi inaprehensibles, con la efectividad clamorosa de este que, sin embargo, no podía dejar de calificar *in mente* de «pendejo», sin que hubiera en la palabra, por lo demás, resentimiento alguno.

Por suerte, nadie se acordó en la algazara de presentárselo al tío Pepe Orozco; y cuando una señora, que ni siquiera era de la casa, intentó reparar, desolada, la falta, mi amigo la detuvo con delicada energía por la muñeca, rogándole que se abstuviera pues se le había hecho demasiado tarde ya en medio de aquella reunión deliciosa e iba a escaparse, saliendo con su mujer, a hurtadillas si fuera posible, para no interrumpir la general animación...

Pocas más peripecias y detalles me contó Pepe de su descenso a los infiernos literarios, donde, quizá por haberse aventurado sin guía, estuvo a punto de sucumbir. Cuando menos, se había extraviado por momentos en su excursión al suburbio de las letras, que ahora relataba con tono regocijado, como quien se complace en ofrecer la versión cómica de una enfermedad ya superada, cuyas alternativas sólo después pudo comprobarse que no merecían tanta preocupación. Crisis de la enfermedad había sido, precisamente, este último episodio del pendejo traído y llevado por la patulea de necios; ahí se había producido el punto álgido, y la depresión más próxima al colapso: pero también databa de ahí la reacción saludable. Cualquiera sabe qué factores imponderables, oscuramente fisiológicos, qué vuelta de la vida contribuiría a todo ello. Lo cierto es que el pobre Pepe no había podido pegar ojo aquella noche y, en el desamparo de su vigilia, tuvo que asomarse una vez

117

y otra, con vapor creciente, al abismo de una vida *ratée, manquée,* frustrada, entregándose a la rabiosa y vejada desesperación de quien descubre haber sido víctima de un timo —y la situación que así suele describirse está mal descrita, no corresponde a ella ni la forma pasiva del verbo ni !a palabra víctima, pues el timado sucumbe a su propia mala fe, y en eso está lo vejatorio, lo desesperante, y la rabia, que es, ante todo, rabia contra sí mismo—. Se había afanado por entregar una hermosa juventud, energía, talento, pujanza, oro de ley en suma, para obtener a cambio un paquete de amarillentos recortes de periódicos, que no otra cosa era su fama, sin valor ni curso en el ancho mundo...

Mas, como digo, a la mañana misma se iniciaba la reacción saludable, y, según acontece con las infecciones muy intensas, también la reacción fue vigorosa. Mientras tomaba el desayuno, comenzó a sentir que su mal humor se disipaba ante los rayos del sol tempranero que entraba por el balcón del comedor; y lo que en su ánimo hacía el efecto curativo de rayos solares era el pensamiento (nada nuevo, por cierto, ni original, pero al que en días anteriores nunca quiso abrirle los postigos del espíritu) de que, en arte, el valor se mide, no por la popularidad, sino por la calidad intrínseca de las obras, cuyos quilates no pueden establecerse a través de compulsaciones democráticas, antes bien, por el acuerdo de los mejores a lo largo del tiempo; de donde resulta que el recurso de apelación contra los contemporáneos al juicio de la posteridad, mejor que una revisión en segunda instancia supone introducir la prueba de la duración, que acredita aliento de eternidad...

Pepe Orozco me lo explicaba, y yo asentía; yo asentía con enfática superconvicción. Me alegraba tanto volver a hallarlo sereno, firme, con el humor restaurado y aquella admirable seguridad de sí mismo que le había permitido cumplir una obra imperturbablemente hermosa... Ahora, ya en el plano de los comentarios y generalidades al que, poco a poco, nos habíamos deslizado, desarrollaba Pepe una serie de teorías, más o menos convincentes, acerca de la escasa o ninguna significación de los trofeos literarios —él, que había recogido algunos de los mejores—. Y yo, para probarle mi confianza en que su aplomo era de nuevo invulnerable, en que sus cuitas pertenecían a un pasado definitivo, me puse a presentarle objeciones; le observé:

—Así será, sin duda; pero, entonces, dime, ¿por qué tú, como yo y todos los demás, te empeñas en publicar, te regocijas de ser leído, te irritas ante la incomprensión, y el aplauso te conforta?

Yo quería mostrarle con esto que estaba convencido de su restablecimiento y creía poder tratarle sin miramientos ni contemplaciones, como cuando a un convaleciente se le habla con rudeza y se le desconsidera expresamente para infundirle confianza en la realidad de su curación. Y, aparte de eso, soy persona que se muere por analizar y discutir, o, como algunos afirman, por llevarle la contraria al lucero del alba. El lucero del alba me contestó en este caso:

—Todo ello pertenece al orden de los epifenómenos de la vida literaria; si lo prefieres, te concedo que sean debilidades humanas. Pero no afecta para nada a la creación misma.

—Pues me vas a perdonar —argüí todavía—, pero no lograrás persuadirme, ni me persuadirán padres descalzos, de que es un mero accidente de la actividad literaria el publicar lo que se escribe; más bien me parece que ahí se esconde el sentido de esa actividad. Sería insensato, reconócelo, escribir algo que nadie hubiera de leer. Hasta el náufrago que tira su botella al mar dirige el mensaje a alguien, y con tanto mayor apremio cuando considera que probablemente ese alguien, el destinatario ansiado, no existe. ¿Acaso te imaginas a un último superviviente sobre la tierra escribiendo un libro?

—Lo escribiría para Dios —sonrió Pepe Orozco.

—¿Tú escribes para divertir los ocios de Dios, Pepe? Yo, no; yo escribo para que me lean hombres de carne y hueso, falibles y perecederos. Además —agregué, cambiando el tono de vehemente a burlesco—, además, mira, no creo yo, como creía, cuitado, el emperador Carlos V, que el español sea el idioma para hablar con Dios. ¿Quién sabe, incluso, si Dios no será analfabeto, y sólo capaz de leer en los corazones?

—Bueno, esa doctrina no deja de ser arriesgada: nadie puede decir que nuestro Stéfani, el colega desconocido, no tenga mejor corazón que tú y yo... En cuanto a ti —bromeó Pepe—, será entonces que escribes por amor de Dios para que te lean sus criaturas. Para los hombres, sí; pero por amor de Dios: un acto de caridad que practicas sin tregua y sin fatiga.

(1952)

DE RAPTOS, VIOLACIONES
Y OTRAS INCONVENIENCIAS

EL RAPTO

PRÓLOGO

Mucho había oído ponderar yo, y mucho había leído también, acerca de la enorme afluencia de obreros españoles, atraídos y absorbidos por la industria de la nueva Alemania democrática; pero hasta ahora nunca había tenido ocasión de ponerme en contacto con algunos de ellos. Cierto es que varias veces, por las calles de ciudades alemanas, tanto como en Francia o Inglaterra, me había tropezado con grupos de muchachos a quienes no hubiera necesitado oírles hablar para saber desde luego que procedían de mi propio país. ¿Cómo, sin embargo, abordarlos y entablar con ellos una conversación que no resultara precaria, forzada, precipitada, extemporánea?

A fines del año 1961 la casualidad me deparó por fin un encuentro cómodo, en circunstancias que nos permitieron a mis interlocutores eventuales y a mí conversar naturalmente. Me encontraba yo durante el mes de noviembre en la histórica ciudad de Münster, donde había concurrido a participar en un congreso sobre el desarrollo económico-social de América latina, y ya durante los días que allí estuve me había cruzado, como otras veces antes en sitios distintos, por la calle, en las oficinas de correos, con aquellos jóvenes vivaces, alegres, de pantalones estrechísimos a la moda italiana y esos chaquetones de gusto alemán, tan exagerados en su opulencia que seducen la fantasía de quienes nunca poseyeron nada; jóvenes de manos inquietas y voladoras dentro de sus enormes guantes... Y siempre me había dicho: quizás, al visitar una fábrica, podré hablar con algunos de éstos. Pero ni visi-

té después de todo muchas fábricas, ni en las dos o tres que visité se me presentaron obreros españoles.

Por fin terminaban las sesiones de nuestro congreso, y se acercaba la hora de irse. El burgomaestre de Münster nos había recibido en la sala donde hace más de tres siglos se concertó el tratado de Westfalia, iluminada con candelabros como entonces. «Parecería que estuviéramos velando el cadáver del Imperio español», susurré en medio de tanta solemnidad a un colega venezolano que tenía a mi lado. Y pensé de nuevo en los obreros españoles de la industria alemana: iba a irme sin haber tenido contacto con ellos.

Y a irme iba ya, en efecto, dos días más tarde. Llegué a la estación un poco antes del tiempo en que debía pasar el tren procedente del norte hacia París. Aún no había amanecido; la estación estaba desierta. Me entretuve en leer un anuncio, Italiani!, *impreso sobre los colores rojo, blanco y verde, donde los ferrocarriles ofrecían rebajas especiales a los trabajadores italianos para pasar las vacaciones en su patria. No había nadie en el andén; lo recorrí un par de veces para matar la espera y, al cabo, vi aparecer al fondo, cargando su equipaje, tres personas, dos hombres y una mujer, rubia ésta, corpulenta, muy joven, inconfundiblemente germánica, mientras que ellos eran sin duda españoles, y más españoles cuanto más avanzaban, con sus pasos menudos rompiendo la brumosa penumbra, a cada lado de la muchacha alemana.*

Ya estaban cerca de mí, poniendo sus valijas en el suelo, y yo esperaba tan sólo oírles conversar para tener pretexto de hablarles; pero no decían palabra. Uno de ellos tomó de la mano a la mujer, y se apartaron del compañero, que se quedó solo junto al montón de maletas y bolsas. Entonces me dirigí a él, afirmando más bien que preguntándole:

—*Ustedes son españoles*·

—Bitte! —me replicó, sobresaltado—. Sí, señor; sí, españoles; perdone. ¿Usted también?

Así comenzó nuestro diálogo. Me dijo que era de Salamanca, es decir, de un pueblo cerca de Salamanca (su compañero, madrileño); que llevaban ya once meses trabajando en Alemania; que trabajaban cerca de Münster en una fábrica de pinturas, esmaltes y barnices, y que ahora volvían a España para pasarse las vacaciones en casa, con la familia. Tomarían aquel tren hasta París, y en París otro para Hendaya, y al otro día por la noche... Al salmantino, se le iluminó la cara de pensarlo. Tenía una cara muy cómica, con los ojillos de mono, interrogantes, bajo el pelo rizoso, y una expresión como de tierno desamparo.

La estación seguía desierta. Aún faltaban diez minutos para la llegada del tren. El otro muchacho y su amiga se habían quitado de nuestra vista, ocultos tras de una columna; y mientras, haciendo tiempo, el salmantino y yo conversábamos tranquilamente.

Me dijo que sí, que estaban contentos en Alemania; que para ellos la única dificultad era el idioma. Verdad es que, en lo necesario, uno aprendía pronto a defenderse; lo necesario: las rutinas del trabajo, del hospedaje, de la gastete —es decir, la Gaststäte, la fonda—; pero, fuera de estas rutinas, ¡qué idioma imposible! Ciertos individuos, como uno que conocía él de cerca de su pueblo, tenían la fuerza de voluntad y se pasaban horas muertas estudiando; pero para eso hay que tener mucha fuerza de voluntad.

—Las que nos ayudan bastante son las chicas —observó sin malicia, sin alarde—. Las chicas, sí, tienen bastante paciencia, y nos ayudan.

—Ya veo —respondí apuntando con la mirada hacia el sitio donde estaban, medio ocultos, su compañero y la rubia corpulenta.

—Las muchachas aquí —prosiguió— piensan que pue-

125

den hacer lo que les dé la gana, como los hombres; y tie-
nen razón. Nadie las mira mal por eso; no es como en
España. Después de todo, tienen razón, ¿no le parece a
usted?

—Ya veo que ustedes se entienden mejor con las mu-
jeres que con los hombres —concluí para tirarle de la len-
gua.

—No, si los hombres se portan bien con nosotros; no
hay queja; nos aprecian; son buenos compañeros. Claro
está, hay de todo; pero, en general... Fíjese, un día yo
me rompo una pierna jugando al fútbol; bueno, me hospi-
talizaron, como si hubiera sido un accidente de trabajo.

—Ocurriría a lo mejor en la fábrica.

—No, qué va: en un solar; pero los muchachos me
llevaron, y no sé cómo es que se arregló todo; estuve en el
hospital veinte días, y...

Con sus gestos y sus reflexiones de cómica ingenuidad
me ponderaba mucho el vendaje que le habían hecho.
Aquel vendaje, enorme, complicado y tieso, le había lla-
mado la atención; se reía, recordándolo: ¡qué vendaje!

De pronto, cambiando de tema, dice:

—Hay que darse cuenta: son un poco raros estos ale-
manes. Son como son. Conmigo ninguno quiere trabajar
en pareja. Cuando el master *me dice que busque uno para*
que me ayude, ninguno quiere. Y, ¿por qué? Pues porque
dicen que yo hago las cosas con mucha bulla. Lo que
pasa es que, a los cuatro meses de estar aquí, ya los espa-
ñoles hacemos el trabajo tan bien como los alemanes, y
más de prisa; ellos lo hacen bien, pero... Les molesta lo
de prisa que nosotros trabajamos.

Lo ha dicho también sin alarde, sin jactancia, sencilla
y honestamente. De pronto, suelta una risotada con su
boca desportillada:

—Una vez me hizo explosión la caldera. El master,
que estaba al lado mío, salió más lastimado que yo; y yo,

126

otros quince días de hospital. Pero se comprobó que la culpa no había sido mía; se pudo comprobar que estaba mal hecha la mezcla, de manera que, ¿qué culpa iba a tener yo?

Llegó el tren, se detuvo. Me apresuré a montar con mi maleta, y ya arriba observé al grupo de los dos españoles y la alemana afanándose por subir los bultos de su equipaje, que eran varios. Finalmente, la rubia les alargó desde el andén una última bolsa, y se hizo atrás para decirles adiós con la mano.

Ya el tren se había puesto en marcha, y los dos jóvenes avanzaban, cargados, por el pasillo adelante.

—Aquí hay un compartimiento vacío —les grité yo, que había recorrido varios entreabriendo las puertas.

Entré primero, y ellos me siguieron. El compartimiento no estaba tan vacío como yo había creído; alguien, envuelto hasta la cabeza, dormía tendido en uno de los asientos; y ese alguien se incorporó al sentirnos, estirando los brazos, quejándose: «¡Ay, madre!»; preguntó: «¿Italianos?»; inquirió: «Yo, espanich».

—¿Tú eres espanich? —le dijo el salmantino jovialmente—. Pues también nosotros. Anda, majo, despierta.

Entretanto, el durmiente ya había bajado los pies al suelo y, sentado, extendía de nuevo los brazos para juntar las manos tras de la nuca. Era un muchachote alto, fuerte, macizo, rubio, con unos ojos azules que se abrían, reidores, al salir del sueño.

—Conque espanich, ¿eh? —insistió el salmantino—. Y, ¿de dónde?

—De Sevilla.

—Pues, mira, hombre, este señor, aquí, es andaluz igual que tú —le informó, señalándome de lado: con la charla del andén nos habíamos hecho amigos. El salmantino se había sentado junto a mí en el banco libre, mientras que su compañero madrileño, después de acomodar

127

*el equipaje, se instalaba taciturno, en el rincón donde el
andaluz había tenido puestos los pies—. De modo —prosiguió con su jovialidad un tanto melancólica el salmantino—, de modo que en este compartimiento, ¡españoles
todos!, ¡todos espanich! Si quiere meterse algún alemán,
lo tiramos por la ventanilla.*

*El sevillano declaró, bostezando, que estaba muerto de
sueño; que había abordado el tren dos horas antes, en
Hamburgo, y que esas dos horas era todo lo que había
podido dormir aquella noche.*

*—Pues ya se ha acabado el sueño, galán. ¿No ves
que está amaneciendo?*

*Estaba amaneciendo. Tras los cristales se dibujaba,
nebuloso, el campo lleno de factorías. Todo lleno de factorías, entre la neblina y el humo.*

*Se produjo un silencio. El madrileño, por lo visto, no
tenía gana de hablar. El sevillano, frente a mí, procuró
—como quien se rasca la cabeza— arreglar un poco su
pelambrera rubia. Me miraba, caviloso, de vez en cuando.*

—Así que este señor es sevillano —aventuró por fin.

*—No, granadino —le dije—; soy granadino, pero hace
ya mucho tiempo que no vivo allí.*

—Y andará por Alemania para negocios.

*—Sí, un viaje rápido; pero —le aclaro— yo no vengo
de España, no vivo en España: desde hace bastantes años
vivo en América.*

*—Ah, en América —exclama—. Por allá todo debe
de ser muy distinto. Algún día quisiera yo irme a América.*

—¿En qué trabajas tú? —inquiere el salmantino.

*—En el campo; yo trabajo en una granja, cerca de
Hamburgo.*

*«Trabajador agrícola», pensé. «Buen salto, del campo
andaluz al norte de Alemania».*

128

—¿De qué pueblo decía usted que es, amigo? —le pregunto.

—De Sevilla misma; no soy de ningún pueblo; soy de la misma Sevilla... Aquí no es como en España, aquí todo está mecanizado; mi oficio es mecánico; trabajo con las máquinas —agregó. Seguía mi pensamiento, como yo el suyo.

—Y ahora, de vacaciones, ¿eh?

—Pues sí, señor; hace ya dieciocho meses que estoy aquí.

—Esta tarde, en París, y mañana a la noche, en España —proclamó jubiloso el salmantino—. ¡Qué buen país sería España, si se pudiera vivir allí!

—¡Que lo digas! Pero...

Hablaron entre ellos de lo que ganaban, de lo que cada cual hacía: de los precios del alojamiento y de la comida en uno u otro sitio; de los jornales y horas extraordinarias; de los sábados, de los domingos. El que lo necesita, o quiere, siempre puede ganar algún dinerito más.

—Pues yo —dice el sevillano—, la verdad, a nada le hago ascos. ¿Horas extraordinarias? ¡Vengan! ¿Que por qué no limpio las máquinas, hoy que es domingo? ¡Cómo no! ¡Las limpio! A las cinco de la tarde una buena ducha, y me voy para la calle hecho un rey, con la cartera bien repleta. Uno es joven. ¿Es que va a tenerle uno miedo al trabajo cuando se es joven? Si lo pagan...

El salmantino opinó que, precisamente porque uno es joven, hay que vivir. Hay algunos que, cebados por la codicia, no viven: trabajar y trabajar. Él, no; él vivía. Por supuesto que si uno vive, tampoco va a sobrarle luego mucho dinero; gastarlo es fácil. Pero uno vive, eso sí; por lo menos, eso; que en España tú no vives aunque eches el bofe. ¡Qué va!; en España, ni para mal comer ganas. ¡Qué buen país sería España, si uno pudiera vivir! Aquí, siquiera, vives. Y te respetan. Hay respeto. Aquí, uno es

129

un señor. Hay que disfrutar algo, cuando se es joven. No digo los que se han dejado allá una familia y tienen que mantenerla; esos, claro, no pueden nunca darse un gusto, como no sea ése, el de mandarle a la familia la mitad de lo que ganan, privándose ellos de cualquier expansión. Otros (como aquí, éste) —y apuntó maliciosamente al sevillano, sentado frente a él— vienen a hacer la América en Alemania y regresan hechos unos indianos... ¿Eh, majo? ¿Cuánto llevas ahí, amarrado al bolsillo? Ten cuidado, en París, y sobre todo cuando llegues a Madrid, que hay mucho carterista y mucho granuja.

—Quítate allá, hombre —ríe el sevillano, defendiéndose. Se le ríe la cara curtida, se le ríen los ojos azules; todo él ríe, pensando en la pacotilla que ha hecho—. Quita, hombre, quita.

—Si está bien; si yo no tengo nada en contra —insiste el otro—. Cada cual sabe lo que le conviene.

Y ya en tono serio.

—¿Piensas regresar?

—Pues todavía no estoy seguro de lo que voy a hacer.

—Volverás —le pronostica—. Y, ¡qué remedio! Lo malo es —reflexiona— que no resulta nada fácil entenderse con estos alemanes.

—No crea —le arguyo—. Al principio, es natural; pero al cabo del tiempo se encuentra uno con que domina el idioma sin saber cómo.

—No, si no es la cuestión del idioma. Es que son otros gustos, otras costumbres. Yo ni me explico cómo pueden ser así. A nosotros los españoles nos divierte andar con los amigos, salir, armar barullo... Pero éstos son unos pelmas: del trabajo a casa...

El madrileño había estado callado todo el tiempo, distraído, mirando hacia fuera. Hemos atravesado la región de Essen, hemos pasado Düsseldorf; cae una lluvia finita; y él no ha intervenido en la conversación para nada. Pero ahora tercia, interviene con vehemencia, en tono cortante.

—*Lo que ocurre es que los alemanes tienen casa; y si un hombre está casado y contento con su mujer, ¿qué mejor, cuando termina el trabajo, que irse a ver la televisión en casa, muy cómodo, y con su cervecita al lado? No es porque sean alemanes; todo el mundo haría igual, si pudiera. En cambio, ¿qué es lo que pasa en España? Vuelve el hombre reventado de cinchar, y no se encuentra más que problemas y malos humores: que si hay que pagar esto, que si los zapatos ya no aguantan más, que... Total, se sale para la taberna de la esquina, pide un litro de tinto, y se pone a hablar de fútbol. En España, lo único que se hace es hablar de fútbol. ¿O no tengo razón?*

—*Es lo que yo digo* —*asintió el salmantino*—. *España sería un país estupendo si uno pudiera vivir. Aquí, tal o cual detalle te fastidia; pero puedes vivir; aquí, uno es alguien.*

Ya el madrileño está otra vez mirando más allá del vidrio, con la mejilla sobre el puño y el codo en el marco de la ventana. Sin duda, supongo yo, la imagen de su rubia hermosota le ocupa la mente.

—*¡Despierta, chaval!* —*le sacude su amigo*—. *Que pasado mañana estás paseándote por la Puerta del Sol. Se acabaron las nieblas, se acabaron las lluvias.*

—*A ver si te vas a creer tú que en Madrid no llueve también siempre que se le antoja* —*le replica el madrileño. Decididamente, su humor no es festivo.*

Pasamos a hablar sobre el viaje que llevan, cada uno. Van juntos hasta Madrid (y todavía se les agregarán algunos otros por el camino); luego, se separan, y...

—*Este señor sí que tiene un viaje largo: América.*

—*Pero con eso y todo, fíjense, puedo estar en mi casa antes de que lleguen ustedes a las suyas.*

El sevillano me pregunta cuánto cuesta el pasaje a Nueva York. Saco mi boleto y se lo paso. Lo escudriña, echa

*cuentas de equivalencia en pesetas, pondera: «Caramba».
Luego, le deja el boleto al salmantino, que también tiene
curiosidad.*

—*En Estados Unidos* —*aventura el sevillano*— *un mecánico ganará más que en Alemania.*

—*En Estados Unidos* —*le contesto yo*— *los jornales
son casi el doble que en Alemania.*

—*¡Casi el doble!* —*Se ríen; y el salmantino comenta*—:
*¡Casi el doble que en Alemania, y aquí se gana cuatro ve-
ces lo que en España!*

Discuten jornales, descuentos, el costo de la vida.

—*¿A ustedes no les hacen rebajas especiales en el fe-
rrocarril, como he visto que se las hacen a los obreros italianos?* —*les pregunto.*

—*¿A nosotros? Qué va; no, señor. A nosotros, no.*

—*Yo* —*informa, voluble, el salmantino*— *el año que
viene, en lugar de irme por tren para las vacaciones, volveré a España en automóvil, como un señor. Un muchacho amigo sale para allá el sábado con otros dos en su
Volkswagen; a mí me ofreció si quería completar el car-
gamento, pero, por no esperar al sábado... Ese Volkswagen fue una ganga; si uno está al tanto, surgen oportunidades. Lo que a mí me gustaría encontrar es un DKW.*

—*Sí, hombre, por cierto* —*apunto yo*—, *he visto que
hay un modelo nuevo de DKW. Yo ni sabía que vuelven
a fabricarlos. Y sí que es un coche bonito. Antes daba
buen resultado, pero bonito no era.* —*Y como observo
miradas interrogativas, añado*—: *Antes de la guerra anda-
ban por España muchísimos, del viejo modelo; pero ustedes, claro, no se acordarán.*

*El salmantino, con su sonrisa desamparada y cómica,
contesta:*

—*Cómo voy a acordarme, si no había nacido.* —*Y yo
pienso: «La guerra de España pertenece a la historia, ya.
Este mismo año se han publicado dos o tres historias de*

la guerra civil española. Y estos muchachos que trabajan en la industria de la nueva Alemania, todavía no habían nacido».

Hemos llegado a Colonia: aquí dejo yo el tren. Les doy la mano, y les deseo buen viaje.

—Igualmente —me responden.

En su formidable motocicleta había llegado como un meteoro a la plaza del pueblo; se había parado delante del bar Anacleto y, dejando la máquina librada a la implacable contemplación de los chiquillos, se había entrado a tomarse una cerveza.

De esto hace ya tiempo. Era del año la estación florida, un día de trabajo, como a las once de la mañana, cuando en el bar no había mucha gente. El Anacleto le sirvió la cerveza sin apenas mirarlo; y luego, mientras que él se echaba un primer trago, lo inspeccionó a su gusto, pensando: ¡Vaya pájaro!; pensando «vaya pájaro» con extrañeza y admiración.

Un grupo de parroquianos que estaban allí sentados a una mesa —la mesita del rincón, cerca de la puerta— lo inspeccionaban también extrañados y admirados de su atuendo. Habían sentido el estruendo de la moto acercarse, y pararse; y en seguida lo habían visto a él entrar en el bar y pedir cerveza, entrar pisando fuerte con aquellas botas lustrosas y altas polainas de cuero, los estupendos pantalones color avellana reforzados también de cuero, y una chaqueta de badana negra, larga y bien entallada, que quitaba el hipo. Cosa semejante no se solía ver todavía por esos años si no era en las películas. Desde su rincón observaron cómo se sacaba el casco blanco y lo ponía sobre el mostrador del bar; cómo se sacaba los guantes fastuosos y los metía en el casco; cómo se sacaba las enormes gafas verdes y las ponía sobre los guantes, y cómo, luego, con la mano izquierda, donde lucía un sortijón, levantaba el vaso de cerveza, se bebía un sorbo ávi-

135

do y se limpiaba después con un pañuelo a rayas la espuma que se le había quedado en el bigotito.

Los de la mesa habían interrumpido su conversación, y miraban. Uno de ellos se levantó para, disimuladamente, ir a echarle una ojeada a la moto. Allí fuera estaba, toda reluciente, entre un enjambre de chicos. Sobre el sillín, una maletita linda sujeta con dos correas.

Y entretanto, el recién llegado le preguntaba al Anacleto:

—Usted es Anacleto, ¿verdad?

—Claro que soy Anacleto —le había contestado el Anacleto. Quien indagó a su vez:

—De paso por acá, ¿eh?

—No; ¿qué de paso? A quedarme. ¿Usted no me ha conocido? Pues yo sí que me acuerdo de usted. Soy Vicente de la Roca.

Dijo que él había nacido allí mismo, en el pueblo, que su familia era del pueblo: los Roca, ¿no se acordaban?; pues él era sobrino de aquel Pedro de la Roca Gómez que había llegado a alcalde con la República y que luego, ya se sabe. De su familia no quedaría a lo mejor nadie ya, pero él había nacido en el pueblo, eso sí, y allí en el pueblo se había criado; sólo que —lo que son las cosas— su madre tuvo que irse, se fueron todos para Valencia, y de Valencia a Barcelona. Pero él, catalán no era, qué va. ¿Se le notaba algo de acento catalán? A lo mejor se le había pegado. Aunque donde había estado últimamente era en el extranjero: trabajando en Alemania. Aquello sí, hay que decirlo, era cosa grande: Alemania. De fabricación alemana era esa moto suya, y hay que ver cómo se tragaba las carreteras. Muy buena máquina.

El tipo era simpático, expansivo; era bastante simpático. Muy pronto su charla se había dirigido no sólo al Anacleto, sino también a los de la mesita. Los incluyó en la conversación, quiso convidar a todo el mundo. «Alguno de vosotros se tiene que acordar de mí, o de mi familia». ¿Ninguno se acordaba? Sí, no faltó uno a quien le pareciera recordar un poco su cara. Y otro, el Tejera, Patricio Tejera, hasta pretendió después de un rato estar seguro de que, entre los chicos de la escuela, hubo un tal Vicentico, Vicente Roca, que no podía ser otro, claro está. «¿Lo ves tú? ¡Claro está!», triunfó el recién llegado. Los demás miraban y no decían nada. El Anacleto, hombre de más años —pues los de la mesa eran todos muchachos jóvenes, como Vicente— asintió: «Sí, sí. Sí». (Y, ¿por qué no había de ser verdad, en definitiva, lo que aquel pájaro venía contando?)

—De manera que a quedarse.

—Pues sí. Cierto es que en Alemania se gana, qué duda tiene. Pero, tampoco, es lo que yo digo, ¿para qué quiere uno el dinero si no puede hacer en la vida lo que le gusta? Bueno; no es que en Alemania se viva mal, al contrario, aquello es algo serio; para qué hablar. Pero al cabo del tiempo le entran a uno ganas de darse una vuelta y ver cómo andan las cosas por acá. España siempre es España, qué demonio. En España la existencia es más sabrosa, se le saca el jugo a lo poco que uno pueda tener ahorrado. Y en cuanto a comidas, ¡hombre!, ahí sí que ni comparación. Alemania estará todo lo adelantada que se quiera, pero donde se pongan unos buenos chorizos de Cantimpalos, una paella... ¡España de mi corazón! Para trabajar y ganar dinero, Alemania; quién lo duda; pero... Bueno, les prevengo que el encargado de la fábrica no quería dejarme ir, y hasta me hizo prometerle que volvería si otra vez me da por abandonar la patria querida en busca del vil metal.

Etcétera. Cháchara interminable. Al sujeto no le faltaba labia. Salió con ellos a la puerta del bar para enseñarles la motocicleta, y al Patricio Tejera le ofreció, si quería, que podía prestársela alguna que otra vez. ¿Sabía manejarla? «Es muy fácil, te prevengo.» Con el Patricio se había hecho amigo en seguida. Y, la verdad sea dicha, con todos: era un tipo simpático.

Preguntó dónde podría encontrar alojamiento cómodo y que no fuera a salirle demasiado caro, «pues tampoco uno es un potentado; y además, para todo lo que sea más de unos cuantos días, los hoteles no resultan»; ya estaba harto de hoteles. ¡A ver! ¿Qué le recomendaban?

Se consultaron con la mirada, y debieron acudir también a los buenos oficios del Anacleto: el dueño del bar tenía recursos para todo. Después de alguna deliberación, telefoneó a casa de su cuñada, la viuda de su hermano Dimas, doña Leocadia, que ahora, con el hijo en el servicio militar, disponía de una habitación sobrante; y así, todo quedó arreglado en un instante.

—Estupendo, hombre. Y muchísimas gracias. Gracias a todos. Hasta luego, vosotros.

Vicente, que ya se había encajado el casco, los anteojos, los guantes, subió a la moto y llevando en ella a un rubito vivaracho para que le mostrara la casa de doña Leocadia, arrancó con ruido, seguido por el enjambre de la chiquillería hasta desaparecer por una esquina de la plaza.

Pasado un rato, otro de los muchachos, Fructuoso Trías, le preguntó al Tejera:

—Oye, Patricio, dime: ¿es verdad que tú te acordabas de él, o lo dijiste por decir?

—Bueno, mira, yo creo... —vacilaba Tejera. Pero el Anacleto cortó:

—Que sí, hombre; que sí.

Y no hubo manera de sacarle una palabra más. Era lacónico ese Anacleto. Comentaron:

—La moto que se trae es, desde luego, cosa seria.

138

—Vaya.

—Y todo lo que se ha echado encima el fulano. ¿Dónde encuentras aquí nada de eso?

—Es que, fuera de España, cualquier infeliz, hasta el último mono, puede permitirse tales fantasías.

—Mucho equipaje no se ve que traiga.

—Qué va. Todo lo que tiene lo lleva puesto. Y eso, aquí, impresiona, qué duda hay; pero yo te digo que en Alemania, hoy día, cualquiera...

—Ni tanto. No hay que exagerar tampoco.

—No es exageración. Hace una semana...

Etcétera. Discutieron. Y luego, cuando, después del mediodía, disuelta la tertulia, cada cual se fue a lo suyo, el que más y el que menos se llevaba una sombra de resentimiento mezclado de desdén hacia el sujeto aquél que con tanta bambolla había irrumpido y que seguramente no era más que un pelagatos. ¿Acaso no lo había declarado él mismo? Con toda ingenuidad. Era un obrero, pura y simplemente. Que en Alemania se cobraban jornales altos, nadie lo ignora. Pero un obrero es siempre un obrero, por mucho que venga atronando con la motocicleta, y por más que presuma de gafas y guantes. Ellos, acá, no se pagaban de baratijas tales, pero —quién más, quién menos— todos, ¡bendito sea Dios!, todos tenían lo que se dice bien cubierto el riñón. O si no, ahí estaba, por ejemplo, Fructuoso Trías, que, con su aire de nada, era ya consocio en el negocio de ferretería y maquinaria agrícola de su padre; o Patricio Tejera, que por sí solo se las había arreglado para ser dueño del cine y accionista de la fábrica de cemento, y eso cuando todavía no tenía los treinta años; o Aniceto García Díaz, factótum en la sucursal del banco; u Obdulio Álvarez, con su taller mecánico; o el mismo chato Sebastián, que, con la broma del medio huevo, quieras que no... Hasta el Anacleto, sin ir más lejos, aunque ya hombre mayor... Y ninguno se las echaba de

139

cosa alguna; nadie presumía de nada, y por la pinta no se hubiera sacado jamás... Pero este pájaro, eso sí, ¡mucho bigotito y muchas polainas! Desde luego, despachaderas no le faltaban al hombre.

Y no; en efecto, no le faltaba don de gentes al tal Vicente de la Roca. Por la tarde, esa misma tarde, bien lavado y descansado, volvió a personarse en el bar de la plaza, ostentando esta vez una chaqueta a cuadritos color café sobre pantalón negro y una corbata muy vistosa. En voz alta agradeció al dueño el favor de haberle procurado tan agradable hospedaje (doña Leocadia era una señora amabilísima, persona encantadora de veras), y entabló conversación ahora con otro grupo de clientes donde había reconocido en seguida a dos de los que estuvieron por la mañana en la tertulia. Le preguntó al Anacleto un par de cosas que necesitaba saber: si, llegado el caso, le sería fácil conseguir allí, en el pueblo, pilas para su transistor. Era una radio portátil, último modelo, una Grundig, lo mejor que se fabrica en Alemania. ¿No conocían el último modelo de la Grundig portátil? Claro, cómo iban a conocerlo si acababa de lanzarse. Sentía no tenerlo aquí ahora; pero mañana sin falta lo traería y se lo mostraría a todos con muchísimo gusto: una preciosidad, ya verían.

En suma, Vicente de la Roca supo hacerse simpático, se congració con todos en el pueblo, fue considerado como un buen muchacho —quizás algo fanfarrón, pero de todas maneras un buen muchacho—, y aun aquellos que, más recelosos o más reservados, seguían mirándolo con sospecha, al no tener nada en contra suya, se guardaban para sí propios sus aprensiones, sus ojeadas rápidas y sus movimientos de cabeza o gestos de desaprobación. Entretanto, el recién llegado se incorporó con entera naturalidad al grupo de la gente joven, y no por cierto en el nivel que, como obrero, hubiera parecido corresponderle, sino que —ya pudimos verlo a su llegada— desde el comienzo mismo empezó a alternar con la mejor juventud.

Tampoco hubiera sido de esperar otra cosa. En primer lugar (bueno es decirlo), aunque a nadie le gusta remover el pasado, ni hay para qué, no deja de ser muy cierto: la familia a que este hijo pródigo del pueblo por lo visto pertenecía, tuvo en él una posición decente, mucho mejor que la de algunos individuos, hoy prósperos y potentes gracias a la suerte, al mérito, al ingenio o a lo que sea, pero procedentes de lo más humilde. La verdad es que a consideraciones tales no conviene darles importancia excesiva. ¿Quién le da importancia hoy a consideraciones tales? Y tratándose como se trataba de un chico agradable, comunicativo y espontáneo, de un muchacho que había corrido mundo, que tenía por lo tanto bastante que contar, y que poseía —a la vista estaba— los medios suficientes para retribuir atenciones y ponerse a tono, ¿iba a pretenderse que se juntara con los peones y toda esa espesa palurdería? Luego (había que reconocer la realidad de los tiempos en que se vive), luego un obrero especializado, y nada menos que en Alemania, es casi un técnico, y sin casi; es como un ingeniero. Y en cuanto a ganar... Quizás los fondos del tal Vicente no fueran duraderos. Si sus recursos resultaban más o menos cortos, cualquiera va a saberlo. Hasta era lo más probable que el día menos pensado tuviera que volverse a ir por donde había venido con su famosa motocicleta. Pero eso, ¿qué? Si el tipo había querido obsequiarse con unas vacaciones, darse el gustazo de visitar el pueblo donde había apedreado perros de chaval, farolear un poco, divertirse, y cuando se le hubiera acabado el gas, ¡hale!, salir otra vez pintando para Alemania, ¿qué mal había en ello ni a quién perjudicaba? Cada cual tiene su propia manera de entender la vida y disfrutar de lo suyo. No todo ha de consistir en amontonar dinero pasándose la juventud entre afanes y

141

preocupaciones para, al final de cuentas... En todo caso, nuestro hombre no era de éstos. Muy alto solía proclamarlo él, y a lo mejor, quién dice que no, tal vez tuviera razón, qué demonio.

«A mí —pontificaba—, a mí me parece que —¡hombre!— el dinero se ha hecho para que circule; gastarlo y disfrutar de él, ¿no? Es lo que yo digo: ¿De qué te vale estar trabajando toda la vida hasta echar el bofe, ni qué vida es ésa si no tienes también de vez en cuando tus expansiones?» Sonreía con superioridad, satisfecho de sí mismo; y cuando alguno quería saber cómo se pasaba en Alemania, donde todo debía de ser tan distinto que aquí, él hacía un vago gesto con la mano y, no sin alguna reticencia, complaciente y complacido, contaba cosas.

Su mejor amigo, su confidente, vino a serlo muy pronto el Patricio Tejera. «Te parecerá extraño, Patricio —le decía—; y extraño lo es, no hay duda; pero desde la primera vez que nos vimos, ¿te acuerdas?, cuando llegué yo con la moto a tomarme una cerveza en el bar porque venía muerto de sed, y tú estabas allí con los otros, desde ese momento mismo supe yo, no sé cómo, que tú y yo íbamos a hacernos amigos. Y eso que tú entonces, ¡confiésalo!, me miraste con algún desprecio, como quien dice: ¡Vaya tiparrajo! No lo niegues: al comienzo te hice una impresión más bien mala que buena; pero yo, a pesar de ello, no sabría decir por qué, comprendí en seguida que seríamos amigos. Y ya lo ves: así ha sido. Muchas de las cosas que a ti te cuento, a nadie más se las contaría. Te las cuento a ti porque estoy seguro de que interpretas, y no vas a pensar mal. ¿Crees tú que, digamos, a una cosa por el estilo de eso que acabo de contarte ahora no le sacarían punta, en mi contra, los otros? Por envidia, ya sé; pero...»

Lo que acababa de contarle, verdad o mentira, o —más

probablemente— alguna verdad adornada con visos de exageración y ribetes de fantasía, no era sino una de tantas historietas acerca de la vida que él solía llevar en Alemania, «para que fuera viendo cómo son esas gentes de por allá». Si lo que pretendía era cierto, en la última casa donde había estado alojado hasta ahora, antes de salir para España con las vacaciones anuales, las dos mujeres de la familia, madre e hija, se lo estuvieron disputando con sorda y enconada competencia, mientras que el padre y marido no se daba cuenta de nada o, si acaso se daba cuenta, que cualquiera sabe, prefería hacerse el desentendido. Y la situación no dejaba de ser cómica, pues a veces tomaba todo ello al aire de una pantomima absurda, desde el momento que él, Vicente, sólo sabía cuatro palabras de alemán, apenas lo indispensable para entenderse en las cuestiones de la rutina diaria. «Imagínate que un día... Yo ya venía notándolo: miraditas, cuidados, atenciones, algún postre especial, ambas a porfía —no necesito decirte cómo las mujeres son cuando se les mete un capricho en la cabeza—; de modo que yo, claro está, mucho *Danke schön* y más *Danke schön:* ¿Qué otra cosa podía decir yo sino *Danke schön* y *sehr gut?* Pues, bueno, como te iba diciendo, un día...»

La hija, desde luego, estaba imponente: era una rubia de marca mayor. Ya a él lo habían puesto al tanto, se lo había advertido un compañero que fue quien lo recomendó allí como huésped, que la tal Elisa se divertía con unos y otros y a nadie le hacía ascos; pero lo cierto es que cuando lo tuvo a él instalado en la casa se olvidó de cualquier otra correría y puso sus cinco sentidos en la tarea de capturarlo, al nuevo español Vicente de la Roca, inclusive —puede suponerse, pues así de ilusas son las mujeres— con fines matrimoniales. ¡Venga procurar enseñarle el idioma, y con qué derroche de paciencia! ¡Venga proponerle paseos por el campo! A esos alemanes el campo los vuelve locos: capaces son de tenderse en el suelo, con toda aquella neblina y una humedad que te cala hasta los huesos, y estarse ahí como si tal cosa. Sólo que él, no era bobo, qué va; él era perro viejo.

Y tampoco la madre estaba nada mal: bajita más bien y, naturalmente, con sus años encima, pero, ¡de presumida, la vieja! Desde luego, despepitándose a su vez tras el español Vincenz. Por la mañana, no bien la hija salía para el trabajo (Elisa trabajaba en una guantería), ya estaba Frau Schmidt yendo a ver si él necesitaba algo y, mientras el joven huésped terminaba a toda prisa de afeitarse para no perder el ómnibus de la fábrica, se le sentaba ella al borde de la cama deshecha y empezaba a charlar como una descosida, pese a que él apenas si podía contestarle, pues, entre otras razones, es que no le entendía casi nada de su tarabilla. Luego, a la noche, era ella también quien le servía la especie de cena que allí acostumbran, no despegándosele de su lado, con desvelos de nodriza cargosa, hasta tanto que no le hubiera dado fin. A este propósito, más de una vez se cruzaron palabras desabridas y gestos ásperos entre madre e hija, y hasta llegó a surgir en cierta oportunidad una discusión a gritos que, por suerte, cortó de modo autoritario y perentorio Herr Schmidt, furioso de que le impidieran escuchar el concierto de la radio. Aquello se estaba poniendo ya, no desagradable, sino insufrible. «Un día las cosas tocaron al punto en que comprendí necesitaría optar: o la madre o la hija; o quizás decidirme a satisfacer a ambas. Y pensaba que esta última solución tal vez fuera, con todos sus inconvenientes, la menos ocasionada a líos, pues en caso de decidirme a favor de la hija, quién sabe qué escándalo no armaría la vieja (con toda seguridad, procuraría vengarse de mí obligándome a casarme con Elisa); y si en cambio la favorecía a ella, tampoco era Elisa mujer para resignarse y quedarse callada. En el fondo, yo no tenía ninguna gana de verme

144

metido en un jaleo semejante y, si quieres que te diga la verdad, Patricio, las mujeres no valen la pena de que por ellas..., ¿tú me entiendes? Una cosa que yo nunca he comprendido es cómo hay quien se deja envolver por las mujeres; y sin embargo, algunos no escarmientan: ya pueden ellas darles disgustos, que apenas salen de un compromiso, en seguida están buscándose otro. En cuanto a mí, pude escapar a salvo de la trampa que entre la madre y la hija, cada cual por su lado, me tenían tendida. Total, sólo me faltaban tres semanas para las vacaciones; no era cuestión de cambiar de alojamiento, con todas las explicaciones que hay que dar, y aviso anticipado, etcétera. De modo que lo que hice fue apresurarme un poco por las mañanas para salir de casa al mismo tiempo que Elisa, y como la parada de su tranvía era distinta de la de mi autobús: ¡Adiós, hasta luego! *Aufwiedersehen.* Mientras que sábados y domingos me lo pasaba fuera, en excursiones con algún compañero o en la cervecería. De este modo me escabullí de entre las garras de aquellas arpías y volví a respirar a mis anchas. ¡Se creerán las mujeres que le gusta a uno que lo anden persiguiendo! Conmigo van listas: me las conozco demasiado bien. Y si te he contado todo eso, Patricio, ha sido para que te des cuenta de cómo son, y no te dejes engañar, pues aquí en España usan de mayores disimulos y resulta más difícil, por consiguiente, descubrirles las trazas.»

—Bueno, mira, Vicente: cosas así ocurren en todas partes —le contestó el Patricio Tejera—. Tú, desde luego, supiste portarte como un perfecto caballero; pero mientras me lo estabas contando no dejaba de pensar en un caso sucedido aquí mismito no hará aún ni dos años, y que fue un escándalo de órdago. Un caso bastante parecido: madre e hija también, pero...

Y le contó el caso: gente muy decente y muy bien mirada, aunque modesta. La madre, viuda desde hacía tiempo, jamás había dado nada que hablar; y en cuanto a la niña, era una muchachita modosa, educada en las monjas, y a todo el mundo le pareció que hacía muy bien el Romualdo, un chico excelente, oficial de la barbería, a quien conocían y apreciaban todos, cuando se puso en relaciones y, por fin, se casó con la muchacha. Desde todos los puntos de vista era un matrimonio conveniente y sensato. La viuda tenía una casita propia, y el local de la esquina era sitio inmejorable para que Romualdo se estableciera por su cuenta abriendo un pequeño salón de peluquería. Se casaron, pues, los jóvenes, y todo parecía irles de lo más bien. La esposa, que no era fea, floreció como un prado tras de la lluvia, gracias, sin duda, a las atenciones del siempre acicalado Fígaro cuyo tipo exuberante le tenía sorbido el seso. Hasta que una noche... ¡Es atroz, pobre chica! Medio dormida, había sentido que él se levantaba de la cama y salía, seguramente —pensó ella— apremiado por una necesidad urgente. Pero como al cabo de un buen rato le pareciera que tardaba demasiado, temiendo que se hubiera puesto enfermo, se levantó a su vez para ver si le había pasado algo; y al no encontrarlo en el retrete ni en la cocina se asomó a la alcoba de su madre. ¡Qué impresión no llevaría cuando los sorprendió allí a los dos, suegra y yerno, metiditos tan ricamente en la cama! Tal como estaba, en camisa, se salió corriendo la infeliz hasta la calle y empezó a pegar gritos. En suma, se puso como loca, y, según dicen, ahora anda haciendo la carrera, no sé si en Madrid o en Barcelona o en dónde, hecha una desgraciada. ¿Qué te parece?

—¡Qué barbaridad! —exclamó Vicente—. ¿No te digo? ¡Y aún hay quien se fía de las mujeres! La madre hace una cerdada tan increíble, y entonces la hija va y se echa a la mala vida. ¡Cuando yo te digo!: todas son iguales.

—Eso tampoco; no hay que exagerar, ¿comprendes?

Que algunas tienen el demonio en el cuerpo, es cosa sabida; pero en cambio, cuando una mujer es de ley...

—Por si acaso, más vale no fiarse. Lo que es a mí... —insistió el otro.

Entonces, puestos ya en ánimo de confesiones, y quizás también para que su nuevo amigo mirara lo que decía y no fuera a meter la pata, le hizo saber Tejera que él, al contrario, consideraba una bendición del cielo el hallar la mujer digna de compartir su vida, y que precisamente andaba interesado en una chica buenísima por todos conceptos; y tan interesado, que en cuanto ella quisiera estaba dispuesto a formalizar el noviazgo y casarse.

—¡Acabáramos, hombre! —dijo Vicente dándole una palmada en la espalda—. Mira, estaba a la espera de que me lo contaras para estar seguro de que eres amigo mío de veras. ¿Te crees que no lo sabía? Todo el mundo lo sabe: la chica de Martínez Alvar, ¿no es cierto? Lo sabe todo el mundo... Entonces, dime, ¿es que por fin se ha decidido ella a aceptar tu candidatura?

Todo el mundo lo sabía en el pueblo; hasta el recién llegado Vicente de la Roca. Patricio Tejera y Fructuoso Trías, buenos amigos entre sí y, sin duda alguna, los dos muchachos más apañados de aquellos contornos, ambos venían cortejando desde tiempo atrás a la Julita Martínez, quien, además de hija única y heredera de una fortuna muy saneada, era por su parte la criatura más linda que ojos humanos pudieran ver. Niña casi, dieciocho años recién cumplidos, esmeradísima educación y la ropa comprada siempre en Madrid, a donde solía ir con su mamá dos veces por año, nadie que no fuera Fructuoso Trías o Patricio Tejera se hubiese atrevido a poner en ella la vista, sino para mirarla con fugaz disimulo. Y ella, segura como estaba de que cualquiera de los dos había de ser bien acogido por la familia, no terminaba de resolverse a elegir uno u otro, y los mantenía en vilo, dando ocasión a que la envidia empezara a tildarla de orgullosa y coqueta.

—No —confesó el Patricio con aire sombrío—; aún no se ha decidido; pero tengo la esperanza, por ciertas señales que yo me sé, de que cuando crea llegada la hora de comprometerse con alguien, ese alguien he de ser yo, y nadie más. Lo que pasa es que es demasiado jovencita todavía, y no tiene prisa de formalizar nada, con lo cual, aunque me moleste, muestra su discreción; y quizás que, siendo todos tan buenos amigos, le da pena desahuciar al pobre Fructuoso, echando de pronto un jarro de agua fría a sus ilusiones.

—Pues sentiría yo mucho que fueses tú el desengañado; y para evitar eso, lo mejor es no hacerse ilusiones tales, que después de todo no valen la pena.

—Fácil resulta decirlo cuando se es indiferente, y cuando no se conoce a la persona.

—Conocerla, la conozco, aunque hasta ahora nunca haya hablado con ella; pero sí que la he visto el otro día en el cine, y no faltó quien me dijera en seguida quién era y todo lo demás. Desde luego, te alabo el gusto, y nadie que no sea ciego podría negar que es una chavala preciosa. Es, sin lugar a dudas, muy bonita y hasta, para mí al menos —si quieres que te diga—, demasiado bonita. Las mujeres a quienes todo el mundo elogia terminan por creérselo y se ponen engreídas e imposibles, cuando, después de tanto, si se va a ver...

—No es eso, Vicente, y debo advertirte que estás hablando muy de memoria. ¿O acaso te piensas tú que soy yo un sujeto tan superficial y tan ligero como para prendarme de la mera bonitura...? Ni la belleza, ni tampoco el dinero, bastan cuando de lo que uno trata es de casarse, que quiere decir para toda la vida. Me gustaría que te dieras cuenta, hombre... Pero, ¿cómo vas a darte cuenta si no la conoces más que de vista? Cuando la conozcas ya

148

me dirás. No faltará ocasión de ello: a la primera oportunidad te la presento, y ya me dirás luego.

La primera oportunidad surgió esa misma tarde: en los pueblos la gente se encuentra a cada paso, y Patricio tenía mucho deseo de probarle a su amigo cuán atinada era su elección. Incluso se le había ocurrido encargarle que, para explorar la voluntad de Julita, espiara sus menores gestos cuando, conversando con ella, se refirieran a Patricio, tema casi forzado al principio, como es lógico, puesto que era él quien los había presentado. La conversación a solas duró un buen ratito. ¿Quién no siente curiosidad por la novelería de un forastero? Patricio se había apartado con pretexto de decirle algo a alguien y, a la distancia, desde un grupo de amigos (el Fructuoso Trías, por cierto, y otros dos más; la escena tenía lugar en el vestíbulo del cine), estuvo observando de manera disimulada la actitud de Julita, animadísima, así como la de Vicente, a quien parecía haberle caído en gracia la muchacha. ¿Y cómo no iba a caerle en gracia, si aquella criatura única era el centro infalible de la admiración general; si era la joya del pueblo, si todo el mundo...? El forastero debió de resultarle divertido, pues por dos veces se la vio reír de muy buena gana. Es que —la verdad sea dicha— el tal Vicente era un tipo de lo más simpático; uno de esos tipos que poseen el don de ganarse en seguida las voluntades, y Patricio estaba contento de haberlo puesto en contacto con Julita, a quien de todos modos un día u otro le hubieran presentado, porque así, y sin que se notara, podría él abogar en favor de las pretensiones de su amigo y servirle como hábil promotor de su causa. Pese a la arrogancia con que, de labios afuera, afirmaba Patricio su seguridad de obtener el galardón en leal competencia amorosa frente a Fructuoso Trías, quizás no estaba tan seguro en el fondo, ni tenía base para estarlo, ya que la disputada beldad no había dado hasta el momento señales claras de inclinarse hacia uno u otro.

Cuando, por fin, pareció ir a separarse Vicente, en los términos más efusivos y corteses, de su nueva conocida, volvió Patricio a acercárseles y, claro está, le faltó tiempo para pedir a su amigo, apenas estuvieron solos de nuevo, que le comunicara, no ya sus impresiones, sino —punto por punto— el contenido todo de la conversación que acababa de sostener con Julita. Las impresiones, ni que decir tiene, habían sido inmejorables (esto ya Patricio se lo tenía pronosticado); pero, ¿de qué era de lo que ella se reía con tantas ganas?; ¿sobre qué era lo que Vicente le estaba hablando? Vicente al principio no se acordaba; luego cayó en la cuenta: ¡Ah, sí!, y se echó a reír él también. «Hombre, precisamente. Mira, era a propósito de ti. Estaba describiéndole a tu Dulcinea nada menos que tu pasión de ánimo y el modo como andas bebiéndote los vientos por ella.»

—Comprenderás —añadió Vicente— que no podía tirarme a fondo desde el comienzo; había que darle a las cosas un tono más bien ligero. Pero he procurado dejar abierta la puerta para volver sobre el asunto cuando lo considere prudente.

A Patricio Tejera no le pareció mal eso. Pero estaba empeñadísimo e insistía en que el otro le tenía que contar cada detalle, repetir cada palabra de lo hablado con Julita; y debe reconocerse en honor de Vicente que con paciencia extraordinaria se esforzó por complacerlo y calmar los anhelos de aquella alma enamorada, recapitulando una vez y otra la conversación y procurando reproducir, quizás con algún pequeño retoque acá y allá, las frases pronunciadas por la jovencita.

—Bueno, en resumen; vamos a ver: ¿no es cierto —le apremió Patricio—, no es cierto, como yo te lo decía, que mi Julita es un caso excepcional; que apenas abre la boca ya puede notarse su clara inteligencia y una discreción asombrosa para sus años?; ¿no es cierto que...?

—Para. Para el carro, amigo. Ante todo, me parece que no basta una primera charla de dos minutos con ninguna persona, y menos si es del otro sexo, para darse cuenta de los puntos que calza. Eso, en primer lugar. Ahora, hecha tal reserva, ya te digo que mi impresión no ha sido nada mala. Pero no es eso, Patricio. Fíjate en una cosa: yo nunca he tratado de prevenirte contra esa chica (¡si apenas la conozco todavía!). Te previne, y no dejo de hacerlo, contra la condición engañosa de todas las mujeres que, cuando menos, quitan la tranquilidad y el sosiego y te amargan la vida llenándote de cuidados y celos.

—En eso habrá cierta dosis de amargura, no lo niego; pero ese poco de amargo viene tan mezclado con dulzores que en realidad sirve para hacer más gustoso su paladeo, evitando que te empalagues —fue su respuesta.

Vicente se impacientó:

—Está bien, hombre. No te digo nada más. Con tu pan te lo comas... ¡Allá tú! La culpa es mía, por meterme donde nadie me llama.

Y Tejera tuvo que ponerse entonces a templar gaitas, pues lo que menos deseaba era enojar a su amigo.

Pasaron días y aun semanas sin que nada de particular viniera a nutrir la siempre ávida imaginación de la gente, los comentarios de las tertulias; hasta que un domingo por la mañana, inesperadamente, zas, estalló la noticia bomba, se produjo lo sensacional: aquella madrugada misma habían desaparecido del pueblo Vicente de la Roca en su motocicleta, y la hija única de don Lucio Martínez, Julita, cuya falta hubo de descubrirse para consternación de la familia al no responder nadie a los golpes dados en la puerta de su cuarto, llamándola a desayunar,

151

pues se acercaba la hora de misa. El lindo pajarito había volado de la jaula. Y se había llevado bajo el ala, según pudo comprobarse tras el consiguiente revuelo, cuantas alhajas poseía, que no eran pocas ni baratas, más un fajo enorme de billetes extraídos nadie sabe cómo de la gaveta donde su señor padre lo tenía guardado bajo llave. Aunque no dejó al irse carta ni recado explicativo alguno, pronto se pusieron en relación ambas misteriosas simultáneas desapariciones, dándose por sentado que Julita había huido de su casa sobre el sillín de la motocicleta de Vicente.

¡Para qué decir, el escándalo que se formó! Ni se pensó siquiera en la posibilidad de taparlo o amortiguarlo. Funcionaron telégrafo y teléfono, se movilizó todo lo movilizable y, con eso y todo, sólo el lunes a mediodía, después de horas tremendas durante las cuales el pueblo entero participó de una excitación, que en los más afectados era desesperación y angustia, hubo por fin novedades sobre los prófugos. O al menos, acerca de ella; pues las autoridades fueron a informar con la natural reserva al señor Martínez Alvar de que su hija había sido hallada en un hotel de la ciudad de Figueras; y allí acudió el pobre padre sin perder un solo instante.

¡Desdichada Julita! Apenas vio al autor de sus días y de sus noches aparecer en la puerta, con expresión despavorida se echó de bruces en la cama y hundió la cara en aquella almohada que tantas lágrimas suyas había absorbido ya, empezando a sollozar convulsivamente. Trabajo costó arrancarla de su refugio y persuadirla a que contara lo ocurrido. Por lo demás, su relato —entrecortado de suspiros y quejas— coincidió con lo que la dueña del hotel había declarado a la policía: la pareja de jóvenes se apearon a la puerta del establecimiento el domingo por la tarde, ya casi anochecido, y él hizo que les mostraran alguna de las habitaciones disponibles, eligiendo, de acuerdo con

la muchacha, una vez averiguado el precio y demás detalles, aquella misma donde había de encontrarla su padre al
día siguiente, y donde, por el momento, le había dicho el
joven que lo aguardara, que en seguida volvía, pues iba
a llenar la hoja de inscripción en el hotel y a ver de paso
lo que hacía con la moto. Lo que hizo, sin embargo, fue
montarse en ella de nuevo y salir pitando..., hasta hoy.

Ante su tardanza, Julita se irritó primero, luego empezó a extrañarse, y la extrañeza se le convirtió pronto en
inquietud. Bajó al vestíbulo, preguntó a la dueña, discutieron varias conjeturas: que quizás habría ido a dejar
la máquina en algún garaje para que se la repasaran al día
siguiente temprano; que si, yendo a comprar un periódico
o cigarrillos, no se habría extraviado; o si acaso no se le
habría ocurrido la peregrina idea de... Cualquiera sabe.

—Su marido de usted, ¿no tendrá alguien conocido
aquí en Figueras? —preguntó con sospecha la vieja. Ya
antes, como quien no quiere la cosa, la había sometido a
un pequeño y astuto examen.

—Creo que no, pero..., ¡vaya usted a saber! A lo
mejor se ha tropezado, así de improviso... Pero, ¿qué
idea le habrá entrado de pronto? Es todo tan raro...

Todo era muy raro; y tanto más, cuanto más tiempo
pasaba desde que el tal Vicente dobló la esquina y se
hizo humo.

—Bueno, lo único que cabe es tener paciencia y aguardar —concluyó Julita, desdichada y sensata, cuando ya
habían transcurrido dos horas largas—. Paciencia, y seguir aguardando.

Y (pegada insidiosamente a su espalda la mirada de
aquella señora) subió a encerrarse en la habitación sin
haber consentido en comer algo, como ella le ofrecía, o
tomarse al menos un café. ¡Para cafés estaba la infeliz!
Sola ya en su cuarto —y es inútil decir que no pudo pegar
ojo en toda la noche, ni aun se lo propondría, pues ni tan

153

siquiera había de meterse en la cama—, procuró reunir
todas las fuerzas de que disponía, que no eran muchas, y
concentrando en este propósito sus cinco sentidos, se puso
a considerar su situación. Por lo pronto aquel canalla, so
pretexto de mayor seguridad, se había quedado con el dinero y el maletín de sus joyas. Todo estaba en sus manos.
Si no volvía... Pero, ¿cómo iba a no volver? A cada ruido
que se oía, un portazo, conversación, pasos en la escalera,
creía ella —y el corazón se le saltaba de ansiedad— verlo
aparecer ya dentro de un instante en el marco de la puerta, y tan pronto se lo figuraba borracho, balbuciendo disculpas, como lo imaginaba herido y muy pálido o, por el
contrario, tan fresco el muy sinvergüenza y echando a
gracieta su hazaña. De un modo u otro, tenía que volver.
¿Cómo iba a no volver? Tan canalla no le parecía posible
que fuese... ¿O tal vez habría sido uno de esos casos de
amnesia que se ven en las películas? ¿Habría sido una cosa
así? No, verosímil no lo era, qué disparate; eso no pasa
más que en las películas. Mientras que, en cambio, granujas los hay a montones en la realidad. Granujas redo-
mados, y pobres estúpidas que se dejan engañar por ellos.
Lo que a otras les pasa, también podía pasarle a ella, que
tan lista se creía. Pero, ¿quién no se cree listo? Y acerca de
Vicente había tenido ocasión de oír juicios y opiniones
que desde luego se negó a escuchar por parecerle fruto
podrido de la envidia pueblerina. Si resultaran ciertos esos
juicios y esas opiniones... Pero, Señor, ¿por qué había de
haberla engañado Vicente? ¿Sólo para robarle el dinero y
un puñado de alhajas? ¿Para eso tan sólo iba a haberla
sacado de su casa? No; esto no tenía pies ni cabeza, y
por más vueltas que le daba en la suya no lograba entenderlo. Mejor lo hubiera entendido siendo la canallada completa, es decir, si él la hubiese robado y abandonado después de pasar juntos la noche: una acción más infame, sí,
pero más comprensible sin embargo. Pues, ¿cómo explicar-

154

se que, al final de cuentas, lo único que Vicente deseara de ella fuese su dinero? Desprecio semejante le resultaba inconcebible en absoluto; sencillamente, no podía ser. De modo que tendría que ser otra cosa: alguna desgracia debía de haberle ocurrido; a buen seguro, le había ocurrido alguna desgracia. Y hasta pensaba ya con alivio en la eventualidad, no sólo de que Vicente hubiera atropellado a alguien con la moto y estuviera detenido en la comisaría, sino incluso de que él mismo se hubiera estrellado contra una esquina. Sería una desgracia muy grande, una terrible desgracia, pero..., podría entenderse; mientras que la ignominia...

En suma, tras una noche espantosa y lentísima, vio Julita, con repeluznos de frío, clarear el nuevo día, lunes ya, a través de los visillos del balcón, y poco a poco empezó a sentir otra vez ruidos en la escalera y pasillos, el correr del agua en el lavabo de otra habitación... No transcurrió demasiado tiempo antes de que un golpecito en la puerta que le hizo estremecerse anunciara a la dueña del hotel. Venía la vieja a inquirir si no había habido novedad. Por supuesto, no había habido novedad alguna. Por supuesto, aquel hombre no había dado señales de vida. Y por supuesto, él no era su marido. «¿Verdad, hija, que no estáis casados? Vosotros venís huyendo, ¿verdad? Te ha sacado de tu casa, ¿no es cierto?; y luego, pensándolo mejor, el majadero se ha asustado y ha puesto pies en polvorosa...»

Julita bajó la cabeza. Y aquella señora, compadecida, le pasó cariñosamente la mano por el pelo. Entonces la pobre chica rompió a llorar como lo que era: una criatura, con hipos y a moco tendido.

—Vamos, vamos, mujer. Hacéis la barbaridad, y luego... Espérate, que voy a traerte un poco de café. Esto te entonará —añadió, dando media vuelta.

«Éste es el momento», pensó Julita. En su ánimo había

155

ido insinuándose durante la noche un siniestro proyecto que terminó de cuajar tan pronto como labios ajenos pronunciaron lo que ella tanto temía fuese cierto: que había sido burlada y que la habían dejado tirada allí. Y éste era el momento, sí; ahora, al quedarse sola de nuevo, podía cumplirlo. Cuando la buena señora volviera con el desayuno, ya vería, ya, el espectáculo que la esperaba. «Éste es el momento», se repitió.

Pero no hizo nada, nada intentó. Caídos los brazos y la mirada baja, por dos veces más susurró la misma frase: «éste es el momento», como si en decirlo se le agotaran todas las energías. E inmóvil seguía en el mismo sitio cuando, al cabo de un rato, reapareció la señora trayéndole en una bandeja café con leche y una ensaimada que, tras haberla rechazado, devoró la infeliz Julita regándola de lágrimas mientras apuraba el café a grandes sorbos ansiosos. Con todo lo cual se sintió en efecto reconfortada y no tuvo dificultad mayor en confesarle a su benefactora quién era, cómo se llamaba y dónde vivía; de modo que, al personarse poco más tarde los dos trasnochados agentes que la comisaría envió a raíz de un recado telefónico, debieron limitarse a apuntar los datos pertinentes en una libreta, dejando a la señorita Julia Martínez consignada bajo cargo y responsabilidad de la patrona del hotel hasta tanto se hubieran cumplido las diligencias de rúbrica.

Tales diligencias dieron lugar, como queda dicho, a que don Lucio Martínez Alvar acudiera desolado en busca de la descarriada ovejuela, sin más tardanza que las inevitables horas empleadas por el automóvil para llegar desde el pueblo hasta Figueras.

Sería quizás bonito, pero falso, el cuadro que pudiéramos pintarnos en la imaginación de una escena patética entre padre e hija. Probablemente tanto el uno como la otra, cada cual por su lado, estaban preparados para afrontarla; pero lo cierto es que apenas se cruzaron entre ellos dos palabras. «Andando», ordenó don Lucio; y una vez abonada la cuenta de la habitación, salió a la calle seguido de la cabizbaja Julita, entraron ambos en el auto y, con un portazo y un sacudón, arrancaron a toda velocidad. No antes de estar ya en la carretera dio comienzo el inevitable interrogatorio.

—¿A qué hora abandonaste ayer, domingo, la casa de tus padres?

—A las cinco de la mañana.

—Muy bien. Ahora vas a contarme punto por punto, y sin omitir el menor detalle, ¿me entiendes?, ni el menor detalle, todo lo ocurrido desde ese instante. Saliste de casa ayer a las cinco de la mañana. Muy bien. ¿Y luego?

—Pues nada.

—¿Cómo que nada?

—Ése estaba esperándome abajo.

—¡«Ése»! Continúa.

—Pues nada. Me monté en la moto, y eso es todo.

—¿Cómo que eso es todo? Continúa, te digo, si no quieres que...

—Bueno, tomamos carretera adelante. Primero habíamos pensado ir a parar a Barcelona, pero luego pensó él que mejor sería seguir hasta Figueras.

—¿Dónde comisteis? Porque supongo que en algún sitio os habréis detenido a comer.

—Sí, en una fonda, no me acuerdo en qué parte, ya era tarde, no me fijé bien; en una especie de restaurante con terraza junto a la carretera. Allí comimos.

—Y os quedasteis después a descansar, ¿no? Una siestecita, ¿verdad?

—No, no. Comimos, y en seguida volvimos a ponernos en camino. Y ya, de una tirada hasta Figueras. Queríamos llegar cuanto antes. Vinimos a parar en ese hotel y...

—¿Y qué?

—Pues nada; que él desapareció en seguida.

—¿Él desapareció antes de subir a la habitación?

—No. A la habitación subimos los dos con la señora que nos la enseñaba. Y como nos pareció bien, él me dijo que lo aguardase allí, y bajó para arreglar los papeles. Después, ya no volvió más.

—Entonces...

—Entonces, ¡nada!

—¿Quieres decirme que estás tan entera como antes de la escapatoria?

Ella asintió con la cabeza.

—Pero eso no hay quien lo crea. ¿Quién va a creerse eso? Mira, no trates de engañarme, porque...

—No te engaño —dijo con una voz muy triste y muy seria la desdichada Julita. Y su padre repitió:

—Pero eso no hay quien se lo crea. ¡Vaya una historia! ¿Cómo se explica eso?

—Yo pensaba que nos íbamos a casar —empezó a sincerarse ella—. Lo que yo quería era casarme con él. Y como estaba segura de que se me pondrían muchos inconvenientes...

—Claro, claro; es lógico. Solución inteligentísima, y sobre todo muy decente —rabió, sarcástico, el señor Martínez—. Los padres, ¡siempre incomprensivos! ¡Mire usted que oponerse a que su hija pudiera casarse con semejante...! Oye, no me saques de tino, que aún no sé ni cómo...

—Tienes razón, papá.

—A buenas horas «tienes razón, papá». Además, ¿qué hablas de inconvenientes, si nadie sospechaba siquiera...? ¡Qué locura, Señor! Pero lo que yo no me explico, ni habrá quien esté dispuesto a creerse, es eso de que... Si es que lo que dices es verdad, y ese sujeto te ha abandonado sin... Quizás ha tenido miedo a las consecuencias. Así será; ¿qué otra cosa pudiera ser? Ya puedes estar

158

viendo la especie de títere que era tu Romeo. ¡Ay, Dios mío, qué locura!

—Papá, muchas cosas tienes que perdonarme; muchas cosas. Él se fue llevándose el dinero que yo te había sacado de la gaveta. Perdóname, papá: te saqué de la gaveta el dinero que tenías allí; soy una ladrona, no merezco...

Por toda respuesta, el padre le buscó la mano a su afligida criatura, dándole en ella un golpecito afectuoso. Y después de un silencio muy prolongado —varios kilómetros de silencio, carretera adelante—, le dijo:

—Podrás imaginarte en qué estado se encuentra tu pobre madre.

«Soy una cobarde —reflexionaba Julita—. No sólo una estúpida, sino también, para colmo, una cobarde. ¿Por qué no hice lo que tenía que haber hecho? Cuando uno comete un error debe estar dispuesto a pechar con las consecuencias. Pero yo, cobarde, no he tenido el valor necesario para castigarme por mi propia mano y haberme así quitado de en medio, redimiendo esta vergüenza que ahora nos envuelve a todos. Y como no he tenido valor para afrontar de una sola vez ese golpe decisivo que me hubiera puesto del otro lado, tendré que padecer en cambio el suplicio chino, alfilerazos, miraditas, alusiones y medias palabras, el desprecio, los suspiros, la destrucción lenta.» Algo por el estilo iba reflexionando oscuramente, mientras el automóvil la conducía hacia el lugar del suplicio, es decir, al pueblo, que debía de estar todo tenso en dolorida, curiosa, burlona expectativa.

Su expresión era absorta como si ya se sintiera segregada definitivamente del mundo. Pero bajo ese aspecto de embotamiento se agitaban en confusión los detalles —sueltos y extraños, remotos— de aquello que con tanta intensidad había vivido en los días anteriores hasta alcanzar el

159

punto desastroso en que ahora se hallaba. El propio Vicente de la Roca, con quien acababa de fugarse y que, sólo pocas horas hacía, desapareció de su lado dejándola abandonada, se presentaba a su mente como una figura lejana y desteñida por el tiempo, cuyos rasgos cuesta no pequeño esfuerzo recordar. Ya nada le decía; no era nada para ella; no le inspiraba ni siquiera indignación u odio, sino mera curiosidad. ¿Quién era ese Vicente de la Roca? ¿Cómo era Vicente de la Roca? Le parecía vislumbrar a la distancia su cabeza bien peinada en el grupo de los muchachos donde también estaban Fructuoso y Patricio y todos los otros, como uno más, pero distinto: el centro de la conversación siempre, quien más hablaba, al que escuchaban todos... Antes de haberlo visto por vez primera, ya los comentarios de su llegada al pueblo le habían llenado los oídos, cómo no; corrían de boca en boca, y —se comprende— entre las chicas era aún mayor la excitación, por lo mismo que debía mantenerse disimulada bajo una capa de desdeñosa indiferencia.

En realidad, aun antes de que hubiera podido ella echarle siquiera la vista encima, ya su leyenda —no pregonada en la plaza por heraldos ni juglares, sino más bien susurrada por labios de chiquillas noveleras— había quedado establecida con un prestigio deslumbrante en la grisácea existencia del pueblo. El joven héroe regresaba desde el fondo de un pasado temible y muy cargado de turbias emociones, trayendo consigo como un aura el resplandor alegre, la agilidad y la incomparable soltura de aquellas regiones más ricas y felices donde entretanto había habitado. Se ponderaba su motocicleta, se comentaba sobre su ropa, su peinado, sus uñas pulidas; se repetían sus frases. Y cuando, muy pronto, Julita se cruzó un día con él por la calle (desde luego, no hizo falta que nadie le advirtiera «ése es»), ya sabía también, sin que nadie se lo hubiera dicho, que todas sus amigas soñaban con la eventualidad de atraer la atención del forastero.

Por supuesto, ninguna iba a confesarlo, y menos, confesárselo a ella, a Julita Martínez. La tenían por orgullosa y vana, y no ignoraba ella cuánto pasmo y cuánta envidia les producía el que, solicitada con ahínco por los dos mejores partidos del pueblo (para no hablar de tantos y tantos otros que ni siquiera se atrevían a solicitarla), se mantuviera a igual distancia de Patricio Tejera y de Fructuoso Trías, sin matar sus esperanzas rivales ni tampoco alentar en particular las de ninguno de ellos. «Actitud coqueta», le reprochaban las otras, bien podía adivinarlo. Pero, aun cuando fuera innegable que le causaba una cierta satisfacción el prolongar aquella porfía teniendo a raya a quienes muchísimas se hubieran vuelto locas por capturar, sus motivos no eran tan superficiales: pensaba que, siendo como sin duda eran buenos, simpáticos y bien acomodados, tanto el Fructuoso como el Patricio, la perspectiva de pasarse allí en el pueblo el resto de su vida, haciendo quizás a Madrid escapatorias más breves y cada vez más espaciadas que las que solía hacer ahora con su madre dos veces por año, era una perspectiva poco halagüeña. Y como quiera que su edad corta le permitía postergar la decisión, mejor era no comprometerse tan pronto y dar lugar hasta más ver, pues nunca se sabe lo que acaso traiga la vida.

Muy lejos estaba la desgraciada de imaginarse que la vida iba a traerle esto que en definitiva le había traído. Cuando Vicente de la Roca apareció en el horizonte, ella no lo consideró —ni jamás hubiera podido considerarlo, ¡qué disparate!—, como una posibilidad seria para ella, por mucho que a otras pudieran alegrársele las pajarillas. ¿Cómo había de pasársele por las mientes semejante idea? Tan por encima se sentía, que ni siquiera tuvo inconveniente en divertirse charlando con él a sus anchas: era una travesura entretenida, y nada más. ¿Qué otra cosa podía haber sido? El sujeto resultaba de veras agradable: un tipo chistoso y oportuno; un individuo con labia. Desde su primer encuentro, ahí en el Cinema Mundial (y, ¡qué casualidad!, ¡qué ironía!, Patricio Tejera había sido precisamente quien entonces, oficioso, los había puesto en contacto), desde esa vez primera la atmósfera entre ellos fue, y seguiría siéndolo siempre, despreocupada y divertida. El hombre sabía darle un tono ligero a la conversación; disponía de muchos temas y los manejaba con soltura; no se ahogaba por cierto en un vaso de agua. Podría, si se quiere, ser lo que se llama un fresco, pero un fresco simpático, capaz de romper cualquier nudo saliendo del paso con una chuscada y de resolver en risa cualquier pequeña traba del diálogo. En suma, daba gusto charlar con él. Con él la charla no discurría sobre los carriles trillados; ofrecía pequeñas sorpresas, cosas imprevistas; era una charla estimulante.

Cuando hubieron de separarse aquel primer día, porque ya sonaba el timbre e iba a empezar la película, y el bueno de Patricio volvió a arrimarse al forastero, éste prometió a su nueva conocida: «Bueno, adiós; ya habrá ocasión de que termine de contarlo».

Pero cualquiera que el cuento fuere, había de ser como el de *Las mil y una noches.* Aquella tarde la película resultó una de esas pelmacerías que de vez en cuando te colocan; y mientras que la prima Tina, con quien Julita estaba, parecía encantada de sus tontas peripecias, ella se distrajo a su vez repasando «in mente» las fruslerías que, cual baratijas de feria, había desplegado ante su vista el tal Vicente de la Roca.

A la salida del cine se habían saludado de lejos con la efusión de viejos amigos, y como viejos amigos volvieron a hablar cada vez que de nuevo se encontraban, siendo sabido que en los pueblos la gente se encuentra a cada paso, por si no hubiera bastado la diligencia extraña que Patricio Tejera ponía en reunirlos.

Siempre que coincidían en un grupo de chicas y chicos procuraba Julita demostrarles que si el forastero tenía agallas para imponerse con toda naturalidad como el rey del cotarro —un rey usurpador sin duda, y a duras penas reconocido, pero aceptado de hecho—, ella era por derecho propio la reina legítima, a quien todos debían acatar. Y así, la conversación general quedaba polarizada entre ambos. Un juego entretenido y hasta, si se quiere, apasionante; pero nada más que juego. ¿Por qué, entonces, ella, sin vacilar un instante, le había dado cita apenas, aprovechando cualquier momentánea ocasión, le dijo él un día que necesitaba hablarle a solas? ¿Por qué? Se lo preguntaba a sí misma, y se sorprendía de su conducta propia como si estuviera juzgando la de una extraña. Ni por un solo instante había vacilado; ni una sombra de duda. Hubiérase dicho que esperaba ese momento y que incluso tenía discurrida la manera de arreglar una entrevista con visos de casual y, sin embargo, razonablemente secreta.

Secreta resultó, en efecto, a pesar de tener lugar al aire libre y de que cualquiera que acertara a pasar por allí hubiera podido presenciarla. Pero no pasó nadie, y nadie se percató de que, yendo Julita hacia la iglesia, bien temprano, con su velo sobre los ojos y el libro de misa en la mano, se había tropezado con el forastero, justo en la placita donde está la entrada de la sacristía, y de que en medio de aquella plaza se habían parado a conversar un rato.

—A ver: ¿qué es lo que querías decirme? —le preguntó ella inmediatamente.

—Quería decirte que qué es lo que haces tú aquí, metida en este pueblo. ¿No conoces la fábula de la perla en el muladar? —replicó él.

163

—Ni esto es un muladar ni yo soy tampoco ninguna perla —protestó, rápida, Julita.

Pero Vicente no hizo caso de su protesta. Sin molestarse en refutarla, añadió:

—Mira. Yo tengo que irme ya dentro de pocos días. Si no fuera por lo que es, ya hace tiempo que me hubiera ido. Me voy dentro de unos días, y tú vas a venirte conmigo.

—¿Qué? ¿Qué dices? ¿Te has vuelto loco?

—A lo mejor me he vuelto loco; pero, loco y todo, tú te vienes conmigo. Primero, a París: ¡ya verás! Y luego, cuando el dinero se nos haya acabado, a Alemania, donde uno puede vivir como un emperador con su mujercita.

—¡Estás loco! —concluyó ella mirándolo con asombro. Hubiera debido indignarse, ofenderse; pero se echó a reír. Repitió—: Estás más loco que una cabra.

—Ya verás tú, chiquilla, lo felices que vamos a ser. No te digo más. Y ahora, nena, ¡adiós!: a misa.

Eso fue todo: cuestión de un momento. Con los ojos entornados y reclinada la cabeza en el respaldo del asiento mientras que el automóvil tragaba kilómetros para devolverla al redil, no conseguía Julita convencerse de que ella, Julia Martínez, hubiera podido incurrir con tan absurda facilidad en disparate semejante.

Hubo, por supuesto, después de esa conversación insensata, varios papelitos furtivos y otros apresurados diálogos en que los detalles de la fuga quedaron convenidos. Pero ésta, la fuga, había sido ya cosa resuelta en su ánimo desde el momento mismo en que Vicente, con tanto desparpajo y tanta caradura, se la había propuesto ahí en la placita a espaldas de la iglesia. Quizás es que a ella se le resistía la perspectiva de quedarse empantanada en la desolación del pueblo una vez que el héroe de la motocicleta hubiera desaparecido, y como esto le resultaba inconcebible, ¿para qué pararse a pensar en las consecuencias?

Ahora, tras del batacazo, todas esas consecuencias en que no había pensado se le venían de golpe encima de la cabeza. «Podrás imaginarte en qué estado se encuentra tu pobre madre», le había reprochado el padre, tristísimo. Y, ¡claro está que se lo imaginaba! ¡Ojalá este viaje de regreso no terminara nunca! En su fantasía, hasta deseó que un accidente viniera a ponerle trágico fin. Ya veía el automóvil aplastado contra un árbol con ellos dos hechos papilla dentro; y como, al mismo tiempo, el automóvil seguía avanzando imperturbablemente, le sorprendía y le irritaba el que su padre pudiera conducirlo con una presencia de espíritu y serenidad increíbles dado el estado en que también él debía de encontrarse. Sí, un accidente a tiempo evitaría tantas cosas que de otro modo eran inevitables...

Pero, accidente no lo hubo. El coche, implacable, completó la jornada; entró por último en el pueblo, ya bien anochecido; se detuvo ante la casa, y Julita no tuvo más remedio que afrontar el ambiente de duelo —duelo y velorio, sin duda, por su virginidad difunta, por su honra maltrecha—, y bajar la vista ante las miradas de ansiedad que, con ojos enrojecidos y lastimeros, le asestaba su madre.

El señor Martínez se apresuró a tranquilizar con toda discreción, y no sin algún esfuerzo, a su angustiada cónyuge. Y cuando hubo logrado persuadir a la pobre señora de que la hija volvía incólume después de todo, una vez asegurada sobre este punto de integridad (¡así son las cosas de este mundo!), sintió tal alivio su corazón materno que, estrujando a Julita entre los brazos la llenó de besos y de alegres lágrimas, y se desvivió en seguida por servirle una cena que esta pobre criatura, aunque avergonzada, tragó con voracísimo apetito.

En definitiva, decidieron los Martínez Alvar que al

día siguiente madre e hija saldrían para pasarse una temporada en Madrid como otras veces, aunque probablemente algo más prolongada que otras veces.

Don Lucio Martínez era, según habrá podido comprobarse, no sólo un padre excelente, sino persona de muy buen sentido. Por no poner en movimiento el temible aparato de policía y juzgado, se abstuvo de denunciar el robo de las alhajas, haciendo saber a quien quisiera oírle que esos valores y todo el dinero del mundo los daba por bien perdidos, e incluso le perdonaba a aquel granuja despreciable su infame fechoría, a cambio de que hubiera respetado a la muchacha permitiendo recuperarla intacta y sin otro daño que el que ella misma se había ocasionado —y no era escaso, por cierto— con su niñería estúpida resultado de tantas fantasías y pamplinas como ocupan la ociosidad de estas jovencitas consentidas y malcriadas.
Sin dificultad hubiera podido abusar aquel aventurero de la incauta, y si no lo hizo (para qué engañarse) no sería de seguro por consideraciones de decencia o de compasión. Debió de ser que se asustó, eso es lo más probable; y no hay duda de que hizo muy bien en asustarse, pues de otro modo es claro que el señor Martínez lo hubiera perseguido y buscado hasta dar con él aunque fuera debajo de la tierra; mientras que así, en cambio, el grandísimo pillo había salido bastante bien librado, llevándose lo que para él, un muerto de hambre, equivalía a una fortunita.
Esta versión, hay que reconocerlo, era muy plausible. El pueblo entero la aceptó y la adoptó como suya, a la vez que reventaban con furia todos los resentimientos larvados contra el intruso Vicente de la Roca. Los reticentes, los que se habían sentido humillados o envidiosos de un modo u otro, aprovecharon con gusto la hora del desquite. No hubo detalle susceptible de interpretación malévola o

de juicio despectivo que no saliera a relucir; se recordaban sus palabras, sus gestos, sus omisiones; se subrayaban sus defectos supuestos o reales, y, ¿quién no pretendía haber previsto que debía terminar haciendo alguna barrabasada?

Todo esto constituyó una fuente de pequeñas satisfacciones para la mayor parte de las gentes que, sin ser lo que se dice malintencionadas, no pueden, sin embargo, privarse de experimentar un placer dudoso cada vez que se desmorona algo considerado en algún sentido superior o distinto. Rebajar a Vicente de la Roca hasta ponerlo por los suelos y todavía escupirle encima significaba, al mismo tiempo que un regodeo muy sabroso, vengarse de las altanerías de la Julita Martínez y hasta de la fortuna de su progenitor. ¡Qué gusto, poder compadecer a estos encumbrados, sentir piedad de estos arrogantes! Pero en medio de tan comprensible orgía de sentimientos piadosos y mezquinos, dos personas al menos (y al decir «al menos» se entiende que quizá no fueran las únicas) recibieron lo ocurrido como un golpe terrible del que, tal vez, nunca consiguieran reponerse. Esas dos personas eran, como se adivinará, los pretendientes de Julita.

Fructuoso Trías, violento de temperamento y resuelto de carácter, quiso al primer pronto salir en persecución de los fugitivos para cometer con ellos una barbaridad; pero, ¿dónde los buscaría? Luego, cuando se supo que la oveja descarriada había vuelto en compañía de su señor padre, intentó verla —decía— para cantarle las verdades, y al darse de cara con el señor padre (pues madre e hija acababan de salir camino de Madrid), éste, don Lucio, le hizo pasar y se extendió en razonamientos que terminaron por convencerle de que en un caso así lo mejor es no remover demasiado las cosas y estarse quieto y cerrar el pico, y dejar tiempo al tiempo y Dios diría. Con lo cual se volvió a su casa y a sus quehaceres hecho un veneno, sí, pero resignado a descargar su indignación con puñetazos sobre la mesa y malos modos a sus dependientes.

Esto, en cuanto a Fructuoso. El Patricio Tejera tenía una manera de ser más apacible, melancólica y reflexiva. Ni por un instante se le ocurrió que estuviera en su mano intentar nada de provecho. Se había quedado turulato. Y su anonadamiento se debía en gran parte a la conciencia de haber contribuido —siquiera fuese involuntariamente y con la mejor de las intenciones— a desencadenar los hechos que ahora, de rechazo, azotándole la cara, lo herían en forma tan cruel. Se increpaba a sí mismo por necio y majadero, pensando en la de veces que había hecho, no ya la apología, sino el más ardiente panegírico del tal Vicente de la Roca, y no ya delante de tirios y troyanos (que ahora se reirían de él a coro), sino delante de la propia Julita. A lo mejor fue él quien encendió así la primera chispa en su imaginación juvenil, provocando el absurdo encandilamiento que debió llevarla al disparate; pues sólo en estado de sonambúlica fascinación puede explicarse cosa tal en criatura tan inteligente, tan recatada, de tan buen criterio siempre para todo, y —lo que es más— tan orgullosa y tan poseída de su alta dignidad. Una ráfaga de locura tenía que haber sido, y quizás era él el culpable de habérsela comunicado...

Con estas lucubraciones y otras por el estilo, en la vejación del abatido Patricio se mezclaban el dolor producido por la desgracia de su Dulcinea (como aquel miserable solía nombrársela) y la vergüenza ardiente de haberse dejado engañar de manera ignominiosa por un sujeto a quien él, ¡estúpido!, había otorgado (¡sin merecerlo!, ahí estaba el mal; ésa era su culpa) trato de amigo y que, con perfidia inaudita, so pretexto de abrazarlo, le había clavado el puñal por la espalda. Encerrado en su casa durante tres o cuatro días y sin salir casi de ella, salvo para alguna que otra ocupación urgentísima, lo que más le deprimía y asombraba era la revelación repentina, bajo las apariencias familiares de Julita y Vicente, de dos personajes tan distintos y tan alejados del concepto en que hasta entonces los había tenido. Todavía lo de Julita sólo podía interpretarse como efecto de una alucinación momentánea; otra cosa no podía ser: ¡aquella encarnación de las perfecciones divinas, que apenas condescendía a pisar la tierra, fugándose de la noche a la mañana como una deschavetada cualquiera, como una pelandusca de tres al cuarto, con el primer advenedizo que se pone a hacer la rueda frente a ella para desplegar los oropeles de una bisutería barata...! Pero, ¿acaso él mismo, Patricio, no había quedado fascinado también él, y antes que nadie, por los prestigios del tal aventurero? Como un palurdo, había dejado que ese charlatán y prestidigitador de feria lo atrapara, y ahora cuando, destapándose de improviso con espectacular golpe de teatro, desaparece por el foro y deja tan sólo el eco de una carcajada demoníaca, a él no le restaba sino rumiar, perfecto imbécil, sobre el chasco sufrido.

El tiempo, que es bálsamo para todas las llagas y que, al fin, amarillea las cárdenas huellas de cualquier golpe, pronto sanaría también —¡a qué dudarlo!— los corazones heridos de estos dos desdeñados amantes. Por el momento, Fructuoso y Patricio, cuya vieja amistad había sabido resistir a la pugna de sus pretensiones rivales, se sintieron ahora atraídos de nuevo el uno hacia el otro por su común fracaso y desventura.

Y así, una mañana de domingo, pocos días después del deplorable episodio, echándose las escopetas al hombro por si algún gazapo se les cruzaba o levantaba el vuelo alguna codorniz, salieron del pueblo para —con pretexto de cacería— tener ocasión holgada de comunicarse sus conturbados pensamientos. Frases embarazadas, vacilantes y alusivas desbrozaron el dificultoso diálogo mientras caminaban campo adelante. Pero cuando ya la fría niebla, a través de la cual debían abordar el tema, se hubo disipado entre ellos, ambos cazadores tomaron asiento en sendos peñascos bajo un árbol y, contemplados por los perros que se habían tendido a sus pies como para escucharles, Patricio juntamente y Fructuoso, con tonos dolientes el primero, y despechados e iracundos el otro, lamentaron largamente su desengaño.

A las discretas y melancólicas consideraciones de Patricio, lastimado sobre todo por la traición de quien había tenido por amigo (¡es cosa que no cabe en cabeza humana!, se repetía una y otra vez), pero más bien compadecido de la infeliz Julita, víctima como él mismo de las artes malignas de aquel sujeto detestable, oponía el Fructuoso, que desde un primer momento había mirado siempre al intruso con su poquitín de sospecha y había desaprobado en el fondo la actitud demasiado abierta que algunos —lo decía así para no personalizar— asumieron frente a aquel desconocido, mostraba, digo, mayor intransigencia; no se inclinaba a ser tan indulgente con la muchacha que, como mujer y por respeto a su posición y familia, estaba obligada a haberse conducido en manera bastante más circunspecta y prudente. Para dejarse capturar por sus mañas —alegaba— era necesario que ella se hubiera acercado temerariamente a la trampa tendida por el cazador furtivo, ¿no era cierto?; y a esta observación tan razonable no podía contestar Patricio sino con un tristísimo suspiro en cuya profundidad se ocultaba el apesadumbrado reconocimiento de que él mismo era quien, sin advertir el peligro, la había empujado a la zanja donde por último caerían todos revueltos; de modo que sobre su propia cabeza debía pesar también cualquier responsabilidad por la imprudencia de Julita.

El quejarse es cosa que alivia el dolor, y saber que el

prójimo lo comparte ayuda a soportarlo. Cuando nuestros jóvenes se hubieron desahogado hasta más no poder y ya no les quedaba nada de qué lamentarse ni qué decir, Fructuoso se alzó del rústico asiento y, dándole una palmada en el hombro a Patricio, le propuso:

—Bueno, anda; vámonos de vuelta. La cosa ya no tiene remedio, y es a golpes como aprenden hombres y bestias.

Con lo cual regresaron en un silencio que, dispuestos según iban a dejarse anegar de nuevo en la consoladora grisura de la existencia cotidiana, parecía destinado a sellar para siempre el desdichado episodio.

Sin embargo, el episodio no estaba cerrado todavía: esta novelita tiene su epílogo.

Dos o tres semanas más tarde el cartero entregó a don Patricio Tejera, entre otra correspondencia, un sobre bastante grueso con sello de Alemania, y al abrirlo, el destinatario se encontró entre sus manos temblorosas con una larguísima carta... ¿De quién? Pues, ¿de quién, si no? Del Vicente de la Roca, que con un cinismo más allá de toda medida se atrevía todavía a escribirle.

Demudado, leyó Patricio una y otra vez, y otra más, y otra, los seis pliegos del apretado manuscrito. La carta de Vicente decía así:

«Patricio, querido amigo:

»Suspende, por favor, la ira que, de seguro, sentirás en contra mía, hasta tanto hayas terminado de leer esta carta. Quizás para entonces esa ira se te cambie en reconocimiento, y vuelva a prevalecer en tu ánimo el afecto que creo merecer de ti.

»Has recibido un desengaño por mi mano, es cierto. Y lo más probable es que te haya dolido como un golpe bajo. Pero si bien lo miras, tendrás que comprender sin

171

necesidad de explicación ninguna: ese golpe, ese desengaño, por cruel que haya sido, te libera de unas ilusiones
demasiado peligrosas obligándote a abrir los ojos sobre la
realidad. Habrás podido convencerte por fin de que, puesta a prueba, tu adorada Dulcinea ha resultado igual que
todas las demás. Ésa es natural condición de mujeres: desdeñar a quien las quiere y amar a quien las aborrece.

»Ya te oigo llamarme a gritos, en tu corazón, traidor
y mal amigo. Pues te prometo y te juro, querido Patricio,
que a mí me hiere tanto como a ti mismo, y aún más que
a ti, el sufrimiento que he debido causarte para lograr tu
curación. Tan obcecado estabas que, sin hacértelo ver por
tus propios ojos y padecerlo en carne viva, no había otra
manera de persuadirte ni razón que quisieras escuchar como válida. Ahora, pobre Patricio, amigo mío, ya lo has
visto... Sólo por tu bien, sólo movido por el cariño tan
profundo que siento hacia ti, pude resolverme a hacer lo
que hice: una operación todo lo dolorosa que se quiera
(¡qué podrías ponderarme!), pero indispensable para tu
salud.

»Y a fin de que no pudieras interpretar torcidamente
mis intenciones ni te quepa la más ligera duda acerca de
cuáles han sido ellas es por lo que, una vez cumplida la
demostración que me proponía con el rapto de esa boba
infeliz, me abstuve de quitarle aquella joya que si una vez
se pierde no deja esperanzas de recobrarse jamás. Según
ella se habrá hartado de pregonar muy ufana, y es cierto,
tan entera como salió de su casa la he dejado yo: lo que
a mí me interesaba no era precisamente eso... En cuanto
a las otras joyas y demás valores que sí me traje en cambio para acá, y que conservo en mi poder, si tienes un
poco de paciencia volveré sobre este punto más adelante.
Ahora quisiera insistir todavía en lo dicho, porque me
importa que no te quede la menor sombra de sospecha en
cuanto a los motivos de mi conducta se refiere: esa trai-

ción mía, o lo que tal podrá haber parecido a primera vista, no es ninguna traición, ni golpe bajo ni nada por el orden desde el momento en que jamás busqué ni he sacado gusto alguno, sino al contrario, el sinsabor muy grande y la angustia de saber que estarás mortalmente dolido conmigo; todo a trueque de que abandones tu perniciosa quimera y salgas del engaño en que vivías encerrado como en un hechizo.

»Por lo demás, he de confesarte que la *operación* en sí misma me costó poquísimo trabajo, o ninguno. Fue la cosa más sencilla del mundo. Y si ahora pongo este detalle en conocimiento tuyo no será —¡imagínate!— por el placer sádico de clavar aún más mi puñal —o el bisturí— en tu herida, sino para evitar que ésta se cubra con nuevas costras de engaño o que le apliques la pomada de paliativas ilusiones. Más vale que sane de una vez, si no con el cauterio, por lo menos a la intemperie de la verdad desnuda. Y la verdad desnuda es, más vale que te lo diga y lo sepas, que apenas si me hizo falta mover un dedo para que la señora de tus pensamientos se viniera corriendo tras de mí como una perra. Por supuesto, desde las primeras palabras que crucé con ella cuando tú me la presentaste me di cuenta de que así había de ser. Por eso me resultaba tan insufrible (¿recuerdas mis frases de impaciencia?, ¿las ironías que a veces se me escapaban sin poder remediarlo, y las discusiones que más de una vez tuvimos por causa de ello?); no aguantaba, repito, que tú (y diciendo *tú* ya lo he dicho todo), que mi pobre amigo Patricio viviera encharcado en semejante poza de vulgaridad, y que un hombre de tus cualidades fuera a perderse lastimosamente en las rutinas de la vida pueblerina.

»Y lo que más me sacaba de tino era el darme cuenta de que nada te ataba con tanta fuerza a la modorra de esa existencia anodina como tu absurdo enamoramiento de una chiquilla insignificante y necia. Cuando trataba yo de

forzarte con amistoso empeño a que te sacudieras el polvo
y te limpiaras las telarañas de los ojos, y probando al menos otra cosa distinta, salieras de tu rincón y vieras algo
de mundo y ensayaras otra manera de vivir que para ti,
con tus prendas personales y tus recursos materiales, estaba llena de brillantes promesas, jamás sacabas a relucir
en contra como posible obstáculo las obligaciones de familia, o consideraciones de intereses y negocio, sino siempre
la eterna Julita, Julita siempre, y nada más que esa pava
de tu Julita, que hubiera terminado por echarte un dogal
al cuello y convertirte en el perfecto señorito de pueblo.
Entonces, y pensando tan sólo en tu bien, pues no podía
resignarme a la idea de semejante ruina, resolví derribar de
una patada el ídolo y hacértelo ver hecho trizas en el suelo.

»Fue, como te decía, lo más fácil del mundo. Me bastó con mostrarle el señuelo, agitar los cascabeles, hacer
unas cuantas morisquetas y carantoñas, y ya te tienes a
la sin par Dulcinea lanzada a los caminos del mundo sobre
la grupa de la motocicleta de este caballero aventurero,
con las alforjas, además, llenas de alhajas y de buen dinerito. Operación sencilla en grado sumo. ¡Lo siento mucho!
Y ahora ya, querido Patricio, por tierra yace el ídolo
hecho pedazos: puedes tocarlo con tus manos y convencerte de qué material tan frágil y tan grosero estaba ama-
sada la preciosa figurita. No otra cosa me proponía yo.
Dado que mi intención ha sido la que te explico, perdóname el daño que he debido ocasionarte para cumplirla. Seguro estoy de que en el fondo de tu corazón no sólo me
has perdonado a estas fechas, sino que me has de estar
agradecido por haberte librado de caer en la sima hacia
donde corrías a precipitarte con los ojos vendados. ¡De
buena has escapado, pobre Patricio, gracias a mí, a este
tu amigo Vicente contra cuyo nombre habrás lanzado tantas maldiciones, tantos improperios, en medio del dolor de
tu desengaño!

174

»Ahora, por último, dos palabras sobre el contenido de las alforjas que me traje conmigo, dejando a aquella imbécil sin dinero. Lo hice así, primero, para que no pudiese regresar inventando cualquier cuento, que todos se apresuraran a aceptar, muy satisfechos, y, ¡aquí no ha pasado nada!; y segundo, para lo que voy a proponerte en seguida.

»Patricio: si —según espero y deseo con toda mi alma— te has repuesto ya del disgusto sufrido, y este escarmiento te ha servido de algo, y tomas lo que aquí te escribo como prueba de la sinceridad de mis sentimientos, ven —te lo suplico— a encontrarte conmigo. Tendremos una explicación leal y completa. Después de la cual, caso que prefieras volverte como el hurón a tu agujero pueblerino, podrás llevarte de vuelta el paquete con las joyas y dinero de tu bienamada, restituyéndoselo a su padre tan intacto como pudo recuperar antes el virtuoso tesoro de Julita misma. Este botín, el rescate de tales valores cuyo disfrute tampoco apetezco, justificaría de manera archisuficiente tu viaje y sería compensación discreta por el tiempo que hubieras perdido viniendo a verme.

»Decídete, pues, querido Patricio, sin darle demasiadas vueltas en el magín. Lleno de impaciencia, espero tus noticias. Ojalá no me defraudes una vez más, que sería la última, te lo aseguro.

»Tuyo siempre, *Vicente.*»

Tras haber leído y releído muchas veces esta carta, Patricio se quedó absorto durante quién sabe el rato en hondas reflexiones, al cabo de las cuales la volvió a meter cuidadosamente en el sobre y, echándosela al bolsillo, salió en busca de Fructuoso.

—Fructuoso —le dijo al entrar en la oficina de su negocio—, prepárate: vas a caerte de espaldas.

175

Y cerrando la puerta de la oficina, le tendió la carta y se sentó al otro lado de la mesa para esperar a que la leyera.

—¿Qué es esto? —preguntó Fructuoso a su amigo.

—Mira la firma —respondió Patricio—. Vas a caerte de culo.

Y el otro:

—¡No! ¡No es posible! ¡Hijo de...!

—Léela.

La leyó, interrumpiéndose de vez en cuando con exclamaciones del mismo calibre y miradas de sorpresa e indignación al impasible Patricio, hasta el final. Cuando hubo terminado su lectura, Fructuoso pegó un manotazo sobre la mesa.

—Esto es algo inaudito, Patricio. La verdad es que jamás lo hubiera creído. Si vienes y me lo cuentas, no lo creo. —Y tras una pausa—: ¿Sabes, yo que tú, lo que hacía, Patricio? Pues por toda respuesta, ya que ahí tienes la dirección de ese canalla, me tomaba el tren y me presentaba de improviso a darle su merecido, para que el muy miserable no se quede sin recibir lo que anda buscando. Eso es lo que haría yo en lugar tuyo.

Patricio no contestaba nada. Se había puesto muy pensativo. Al cabo de un rato, Fructuoso, que había seguido mascullando insultos, le preguntó por fin:

—Bueno, ¿y qué es lo que piensas hacer?, dime.

—Pues..., no lo sé. Quizás eso —le respondió Patricio con voz apagada.

—¿Qué?

—Eso. Quizás lo haga, eso que tú dices.

EL AS DE BASTOS

Carpite florem

OVIDIO, *Ars amatoria*, libro I, 79

...coged de vuestra alegre primavera
el dulce fruto antes que el tiempo airado...

GARCILASO, *Soneto*.

Fair flowers that are not gathered in their prime
rot and consume themselves in little time

SHAKESPEARE, *Venus and Adonis*, 129

Vivez si m'en croyez, n'attendez à demain;
cuillez dès aujourd'hui les roses de la vie.

RONSARD, *Sonnets pour Hélène*, II, XLIII.

Tu edad se pasará mientras lo dudas;
de ayer te habrás de arrepentir mañana
y tarde y con dolor serás discreta.

QUEVEDO, Soneto *A Flora*.

—Perdone, señor; pero, ¿no es usted el señor Bastos?
—¡Matilde!
—¡Bastos: qué sorpresa! Casi ni lo conozco, amigo Bastos, después de los años mil.
—¡Matilde querida! ¡Lo que menos se esperaba uno! ¿Quién había de imaginarse? Claro, al cabo del tiempo, entra uno de pronto en el tren y cuando menos lo pensaba viene a encontrarse así, de pronto...
—Vaya, vaya, que si yo no lo llamo a usted, usted no me reconoce a mí. Hubiéramos podido hacer el viaje, uno junto al otro, como dos desconocidos, sin que al ami-

177

go Bastos se le pasara por las mientes que esta vieja, sentada enfrente suyo... No, no se disculpe; no me diga nada, ya lo sé: los años no pasan en balde. Mejor, cuénteme de su vida: qué ha sido de ustedes durante todo este tiempo.

Era invierno, y casi nadie viajaba en aquella dirección. El balneario, que durante la temporada veraniega rebosa de gente, estaría desierto ahora, melancólico, bajo este cielo plomizo: una ciudad abandonada.

—¿Que qué ha sido de nosotros? —suspiró Bastos—. Suprima el plural: ya no hay nosotros que valga. Emilia murió, dejándome solo. Ahora estoy viudo. Ya va para año y medio. De cáncer. Así que ahora estoy solo.

Se quitó los lentes y frotó los cristales, meticuloso, con el pañuelo, mientras que su interlocutora repetía reflexivamente: «Murió Emilia».

Reparando entonces en que también ella, Matilde, viajaba sola, se le ocurrió pensar a Bastos que, a lo mejor Julio...

—¿Y Julio? —inquirió, dubitativo, Bastos.

Pero no, Julio no había muerto. Ni muchísimo menos. Tras vacilar un instante, Matilde se decidió a contarle todo a Bastos —¿por qué no había de contárselo, si era cosa sabida y pública?—; y se lo contó con su gracioso desparpajo de siempre: chistosa al principio —pero claro está que la procesión iba por dentro—, y luego rabiosa, hecha un veneno. ¡Qué había de haberse muerto Julio! Cierto que también él había hecho mutis; pero no hacia el otro mundo, sino que, deseoso de pasar en éste a mejor vida, se había divorciado de Matilde para contraer justas nupcias con cierta alhajita de diecinueve años, una empleaducha de su oficina misma que supo engatusarlo lindamente. De manera que el muy mamarracho andaba ahora haciendo el ridículo por ahí con ella del brazo, sin percatarse de que...

Lanzada, desaforada, Matilde se despachó bien a su

178

gusto. No hubo detalle que escatimara: todo se lo contó a
Bastos. Hasta cartas de esa sinvergüenza —ponderó— había llegado a encontrar en los bolsillos de Julio. Y, ¿quiere saber cómo la llamaba el muy majadero? Cielín, la llamaba; conejito, la llamaba el viejo baboso. *¿Querrás siempre mucho a tu conejito?* Mire usted qué estúpido: ¡conejito! *Tu cielín te aguarda con los brazos abiertos.* Los
brazos: sí, sí. ¡Asquerosa! A estas horas debe de tenerle
ya la cabeza como un venado. Y pensar que durante toda
mi vida (pronto se dice: una vida entera) he podido ser yo
tan tonta que nunca, jamás... ¡Qué estúpida yo! Eso, para
verme ahora desechada como trasto viejo. —Estaba a punto de llorar; le echaban chispas los ojos—. Bueno, más
vale que doblemos la página. Es demasiado doloroso todo
esto, amigo Bastos —añadió observando el gesto com-
pungido que procuraba esbozar el otro—. Hablemos de
cosas menos tristes, y perdone que... Dígame: sus niñas,
¿cómo están? Muy grandes, supongo.

—Ya las dos se casaron. Y hasta me han hecho abuelo
por partida doble.

—Dios mío, cómo pasa el tiempo. Si me parece estarlas
viendo, tan monas, chiquititas, cuando su madre las llevaba a la playa, cada una de una mano. Pero —suspiró—,
el tiempo pasa.

—No por usted, Matilde. Usted está igual que entonces.

Bastos sentía que debiera haberle dicho antes, a propósito del divorcio, alguna palabra amable en vez de limitarse a poner cara de circunstancias. Insistió:

—Por usted, de veras que no pasan los años.

—¿Para qué me viene con semejantes monsergas, amigo Bastos? —replicó ella enojada, amarga, casi patética—.
¿O se cree acaso que no me veo en el espejo? Un trasto
viejo; eso y no otra cosa es lo que soy yo a la fecha de
hoy: un cachivache inservible, que estorba, que se tira a

179

la basura. Usted mismo —sea franco— hace un momento ni siquiera me hubiera reconocido si yo no lo llamo.

—Pero no es así —protestó Bastos, pensando que, después de todo, no se conservaba ella tan mal. Un tanto estropeada, sí, desde luego, es lógico; pero, en resumidas cuentas, bastante bien para su edad. Se lo aseguró, exagerando el tono de sincera protesta. Si lo que ella deseaba es escuchar piropos... —No, lo cierto es que usted, Matilde, estaba sentada ahí, a contraluz, y uno entra en el compartimiento, y como lo que menos soñaba es que iba a encontrármela... ¿Quiere que se lo confiese? Mientras colocaba ahí arriba el maletín, estaba felicitándome en mi fuero interno de viajar al lado de una mujer bonita en lugar del inevitable negociante o granjero latoso que esta época del año suele depararle a uno en los trenes; cuando, zas, resulta que esa mujer linda es nada menos que mi antigua amiga y siempre admirada Matilde.

Matilde rió. Este Bastos, genio y figura. No, no hay cuidado de que vayan a faltarle palabras. «Mi antigua amiga y siempre admirada Matilde»: una frasecita bien escogida, bien redondeada, para soltársela a una al cabo de siglo y medio.

—Deje eso, Bastos; déjese de historias. Una amistad de balneario, eso fue todo. Terminada la temporada, terminada la amistad. Si aún me parece milagro que haya recordado usted mi nombre y el de Julio.

—¡Usted! Pues, para que vea: no sólo recuerdo el nombre de Matilde (¿cómo había de olvidarlo?), sino que también me acuerdo de que nos tuteábamos. ¿Es cierto, o no es cierto?

—Cierto es —sonrió ella—. Habíamos decidido tutearnos los dos matrimonios. Ustedes, los maridos, ya se tuteaban; y las mujeres, entre nosotras, claro está, lo mismo. Entonces, un día, Emilia (porque fue Emilia quien tuvo la iniciativa; tampoco yo soy tan desmemoriada) propuso el régimen del tuteo general.

—Hasta ese detalle no alcanzan mis recuerdos. ¿Fue Emilia?

—Ella fue. En verdad, para ponernos a prueba; para observarnos la cara. «Anda, hombre, tutea a Matilde. Si están deseando tutearse los dos... Matilde, querida, tutéalo de una vez a mi marido.» La verdad es que tu Emilia nunca pudo tragarme a mí. Muy amiga, amiguísima, pero... Bueno, pura farsantería.

—¡Pobre Emilia!

—Sí, hombre, tienes razón: paz a los muertos. Pero la verdad es que yo sentía su hostilidad, su veneno.

—Estaba celosa, hay que comprenderlo. Y los celos...

—¿Celosa de qué, quieres decírmelo? ¡Por favor!

—Tú sabes demasiado bien que ciertas cosas a una mujer no se le escapan nunca.

—¿Ciertas cosas? ¿Qué cosas? No entiendo.

—¡Vamos, Matilde! ¿Cómo había de escapársele a Emilia que tú me gustabas atrozmente, que yo estaba loco por ti, que no pensaba en otra cosa? Una mujer, eso lo nota en seguida.

—Pues, mira, yo no debo de ser mujer, porque lo que es yo, el objeto de tanto ardor, por mi parte nunca había notado nada. Nunca noté nada. Primera noticia.

Bastos sonrió tristemente, sin contestar palabra: una sonrisa muy triste. Se miraron a los ojos. Estaban solos, frente a frente; el tren marchaba, como en sueños, a través de los campos helados. Se miraron a los ojos, y Matilde, sonriendo a su vez, se reclinó un poco hacia delante y golpeó —un golpecito suave, cariñoso— la mano que Bastos tenía apoyada en la rodilla, al tiempo que le decía, o se decía a sí misma:

—¡Ay, ay, ay, qué tontos fuimos!

Entonces Bastos le tomó entre las suyas esa mano regordeta y ensortijada, y se la besó con arrebato. Luego se quedaron ambos mudos, evocativos.

—¿Qué vas a hacer tú ahora allí, en esta época del año? —preguntó ella, para romper el silencio, al cabo de un rato. El balneario, en esta época del año, estaría desierto. Nadie iba allí en invierno, si no era por razón de negocios.

—Pues, te diré —le contestó él—. Resulta que nosotros teníamos una casita, habíamos comprado una casita para los veraneos, pues todos los veranos seguíamos yendo, y una casita propia es, no sólo más cómoda sino también, a la larga, más barata que el hotel. Todos los veranos hemos seguido yendo hasta hace un par de años, cuando se casaron las niñas y a Emilia se le declaró el cáncer. Ahora, viudo, he vendido la casita, ¿para qué la quiero ya?, y a eso voy: a firmar la escritura. Conque... ya lo sabes. Y tú, ¿a qué vas?

—¿Yo? Si vieras que a punto fijo no lo sé... A nada. La verdad es que no voy a nada en concreto, ni para nada. Una ocurrencia que de pronto me vino. Tú no te imaginas lo que es quedarse una así, suelta en el mundo, sin tener más qué hacer ni en qué pensar. Este divorcio no puedes figurarte los disgustos que me ha costado, la lucha que ha sido, los berrinches. Pero lo peor de todo es luego, cuando todo se ha concluido, y a una la dejan sola, tirada como un mueble viejo, y ya no le queda nada que intentar, ninguna diligencia que cumplir, abogado a quien darle tabarras, ni otra cosa en qué cavilar si no es darle vueltas en el magín, vueltas y más vueltas, a lo que ha pasado y no tiene remedio. Pues, bueno, como no quiero ver a nadie ni nadie está obligado a soportarme a mí, se me ocurrió el recurso de ir a sepultarme por unos días en esa soledad, ahí frente al mar, ahora que, además, los precios son bajos y no hay la aglomeración y el barullo de la temporada. Nosotros, en cambio —agregó—, no volvimos más después de aquel veraneo. Yo quise volver al siguiente; pero Julio tenía la oportunidad, brindada por su empresa, de hacer un viaje de inspección por el extranjero, y ésas fueron nuestras vacaciones. Después se repitió año tras año el mismo plan, que reunía según él lo útil a lo agradable, hasta convertirse en costumbre... De modo que eso es todo: una ocurrencia loca que me vino de pronto. O quizás una corazonada —se echó a reír—. Para encontrarme a estas alturas con el amigo Bastos: fantasmas de un viejo pasado, como dice el tango.

Hizo una pausa. Sonrió, casi alegre. Añadió:

—¿Sabes de qué me estaba acordando? Me estaba acordando de estafermos y estantiguas. ¿Y sabes de qué me río? De que ahora nosotros, tú y yo, somos un estafermo y una estantigua. Para no hablar de Julio, con su conejito y cielín, que está hecho un perfecto carcamal.

Bastos recordó vagamente. Qué absurdo. Eran bromas que, *in illo tempore,* habían cultivado entre los dos matrimonios amigos, divirtiéndose en poner motes a los demás veraneantes, en clasificar a la gente. A las mujeres de buena estampa las llamaban cocusas, y a los hombres, cucos. Podía serse más o menos cuco, más o menos cocusa; mientras que los estragos de la edad transformaban a unos y otros en estafermos y estantiguas, respectivamente. Por último, todos venían a caer en el género común de los carcamales...

—¿Y a los jovencitos? ¿Cómo los llamábamos a los jovencitos, Matilde? ¿Y a los niños? Los llamábamos también algo, pero no puedo acordarme.

—Ni yo; es que no eran nombres fijos; a los niños, algo así como hormigas, o moscas. Pero a Emilia le molestaba eso. Tú, por entonces, eras un buen cuco; y yo, tampoco estaba mala cocusa. Ahora, una estantigua.

—No, protesto —protestó Bastos—. De ningún modo, ¡qué pretensiones! Usted, señora mía, está muy lejos de alcanzar la dignidad de estantigua; pero muy lejos. Y en cuanto a mí, también tengo que protestar, respetuosa pero enérgicamente. Si de veras me hubiera transformado ya en estafermo, ¿cómo ibas a haberme reconocido al primer golpe de vista, no bien asomé las narices por esa puerta?

—Ah, eso no; porque debajo de cada cuco se puede divisar ya su correspondiente estafermo. Tú eras un cuco —rió ella—, pero ya dejabas adivinar el estafermo de hoy. Como mi estantigua actual se dibujaría también bajo la cocusa que era yo entonces.

—Así es que el gran don Julio está hecho un carcamal.

—Un carcamal perfecto, sí; cayéndosele la baba con esa pindonga. Un carcamal cornudo, para colmo. Cornudo y contento. Con su pan se lo coma. Cada vez que pienso lo tontos que fuimos tú y yo, me da una rabia... Lo que pasa es que a ti, en el fondo, reconócelo, no te importaba mucho, no tenías verdadero interés. De eso estoy bien convencida. ¿No te acuerdas —prosiguió— el día aquél en que Julio había tenido que hacerse un viaje rápido, darle una vuelta a la oficina, alegando (lo que sería un pretexto, me figuro) no sé qué problemas, y yo me quedé por la mañana en el hotel, alegando a mi vez un dolor de cabeza (y a Emilia le aclaré, para tranquilizarla, que no estaba yo ese día en condiciones de bañarme, y que de todos modos me dolía mucho la cabeza: mentira todo), para quedarme en mi cuarto sin cerrar la puerta, de modo que si el señor hubiera entendido...? Toda la santa mañana me la pasé allí, con la esperanza de verte aparecer, hecha un manojo de nervios. Hasta que por fin regresan tan campantes los cuatro, el matrimonio y las dos niñitas encantadoras, una familia tan unida, y nos encontramos en el comedor, y tú me preguntas muy atento, finísimo, si me sentía mejor. Hombre, de buena gana te hubiera estrellado en la cara el flan que con tanta gentileza me ofrecías... Esta vez no tuve que mentir para responderte que no, que no me sentía mejor. ¿Qué había de sentirme? Entretanto, se me había levantado, de veras ahora, un dolor de cabeza tremendo. Si en algo te fijaste, repararías acaso en que apenas pude pasar bocado. Pero no sé para qué vuelvo sobre tales cosas al cabo de los años, ni qué sentido tiene saborear ahora esas cenizas.

—Yo había creído que en realidad estabas indispuesta. Me lo había creído como un idiota. Así y todo, mira, estuve barajando la idea de hacer una escapatoria al hotel, urdiendo un pretexto, que tampoco a mí habían de faltarme, para cumplir contigo el precepto de visitar a los enfermos; una obra de misericordia cuya recompensa, ahora lo veo, hubiera sido maravillosa. Toda la mañana, en la playa, estuve inquieto dándole vueltas a esa idea; hasta que se hubo pasado la oportunidad.

—Eso es lo que ahora vienes contando, palabrero. Entonces, a lo mejor pensarías: para qué voy a molestarme, si luego va resultar que ella...

—Yo no podía estar seguro de cuál habría de ser tu actitud llegado el caso. Estaba seguro, sí, de que te habías dado buena cuenta de mis sentimientos, y de que no te disgustaban; a todas las mujeres les agrada que las admiren; pero...

—Calcularías que deseaba divertirme a costa tuya. Los hombres suelen considerarse muy audaces, y lo que a veces son es bastante papanatas. No sé ni para qué te digo estas cosas tan fuera de sazón; pero la verdad es que ¡me hiciste rabiar tanto! Quizás recuerdes aquel otro día que te perseguí, nadando, a la vista de todo el mundo. ¿Te acuerdas? Estábamos todos tendidos sobre la arena; tú cerca de tu familia y de las niñitas; yo, un poco aparte, mirándote a hurtadillas. Te miraba, y te miraba, y te miraba, y el corazón quería saltárseme. A pesar de mis gafas oscuras y del sombrero de paja que tenía echado sobre la frente, pudiste darte cuenta de cómo te miraba; y yo me di cuenta de que te habías dado cuenta tú, porque eso los hombres apenas logran disimularlo, y menos en traje de baño. No tuviste más remedio, al fin, que pegar un brinco y salir corriendo a zambullirte en el agua. Entonces me alcé también yo, y corrí tras de ti, y me puse a perseguirte como por juego. Julio, que estaba distraído hablando con un grupo de majaderas, ni se enteraría. Desde luego que no pude alcanzarte; y cuando volvimos a la orilla, primero tú, en seguida yo, chorreando cual tritón y nereida, sofocada de cansancio y de risa le grité a Emilia: «Tu marido es un as de la natación; no hay quien lo alcance»; y a Julio: «Bastos es un as de la natación». «El as de Bastos», contestó Julio con uno de sus chistes malos. Y en ese momento fue cuando Emilia, con su tonillo insidioso, me dijo que por qué no nos tuteábamos de una buena vez.

Apenas si conseguía Bastos recordar el episodio. Era uno más, entre tantos episodios de esa tortura china que había padecido, de ese suplicio de Tántalo que habían padecido a lo largo de todo un verano, el uno cerca del otro, viéndose a cada instante, bromeando, enviándose mensajes con la mirada, y sin pasar nunca de ahí. Como un imbécil, había tomado él al pie de la letra el truco de la indisposición. Pues resulta que, después de todo, ella tenía tantos deseos como él, y aún más; o, por lo menos, era más resuelta. Y, ¡qué cocusa de marca mayor era ella entonces! Estudiando a esta Matilde que tenía ahora enfrente, a esta señora todavía de buen ver que le traía tales memorias, se representaba a aquella otra, la de entonces, desnuda, ligera, una nereida, tan ágil de movimientos como de genio; las torneadas columnas de sus piernas, el mármol o alabastro de su garganta, el oro de su cabello, la música alegre de su risa. Y la palabra «ruinas» le acudió a las mientes. *Campos de soledad, mustio collado,* recitó para sí Bastos, mientras derramaba la vista, más allá del cristal medio empañado, sobre la escarchada llanura que el tren recorría melancólicamente. Cuando tornó la mirada a su interlocutora la sorprendió espiando sus pensamientos. Esbozó una sonrisa; y ella, devolviéndole la sonrisa, susurró: «¡Pobre Bastos!»

—¡Pobre Bastos! —repitió él sin mortificarse, y sin demasiada amargura: era como si ambos estuvieran ya al cabo de todo. Recogió lo que ella había dicho al comienzo—: ¡Qué tontos fuimos! O mejor —rectificó—, ¡qué tonto fui; qué bobo!

—No, sino que pensaste, y quizás tenías razón, que no valía la pena: afrontar riesgos, gastos, sobresaltos, complicaciones. De otro modo...

—Mira la cuenta que yo me hacía. Reflexionaba: «Aquí, en el balneario, todo es demasiado peligroso, y hasta imposible. Luego, pasado el veraneo, y vueltos a la vida ordinaria, en una ciudad grande nunca han de faltarnos oportunidades».

—Pues yo debo confesarte que también esperaba lo mismo. A qué negarlo. Pero cuando pasó el tiempo, un mes y otro y otro, y tú no dabas señales de vida, me dije: «Bueno, un balneario es como un barco: la gente convive, se relaciona, llega hasta intimar: grandes amistades, incluso idilios; y tan pronto como arriban a puerto, perfectos desconocidos otra vez». Pasaba el tiempo, y Bastos sin dar señales de vida. Al final, viendo que todas las frases de despedida: Tenemos que vernos; tenemos que encontrarnos, continuar esta amistad tan linda; y el intercambio de señas, y de números de teléfono, todo había sido pamplina, me dije: "Pues... como en un barco: si te he visto no me acuerdo».

—¡Ay, Matilde! Si te contara... Tú no sabes.

Pero, ¿qué hubiera podido contarle? ¿Que un par de veces había intentado inducir a Emilia para que invitara

187

a los amigos del veraneo, hallando en ella, no sólo reticencia, sino sarcasmo? ¿Que en vista de eso había juzgado más prudente buscar un encuentro con Matilde fuera del marco doméstico, e incluso, ya que la casualidad no se lo proporcionaba, había telefoneado un día a su casa, y al oír la voz de Julio colgó el aparato sin decir mu? ¿Que, más tarde, metido en el lío con aquella otra desgraciada que tantos disgustos le dio, no hizo ya nunca más propósito serio de acercarse a Matilde? «Si te contara... Tú no sabes.» Pero, ¿cómo iba a contarle nada de eso? Mejor era dejarlo todo en los términos de esa vaga indecisión de puntos suspensivos.

Tanto más, que estaban llegando ya a destino. El tren entraba en la estación, sin que durante las dos horas y media que duró el viaje nadie hubiera invadido su compartimiento, a excepción del revisor. Ahora se bajaron del tren y, a través de los andenes solitarios, salieron en busca de un taxi.

—Iremos al hotel Majestic, si te parece —propuso Bastos.

—Muy bien; como tú quieras —asintió Matilde.

En el hotel, mientras ella vigilaba el trasiego de maletas, Bastos llenó la ficha («M. Bastos y señora»). Una vez arriba, cuando el mozo que les subió el equipaje se hubo retirado cerrando la puerta, Matilde, que había estado mirando, pensativa, al mar desde la cerrada ventana, se dejó caer en una butaca. Con afectuosa ironía, pronunció entonces Bastos la frase sacramental:

—¡Al fin, solos! —y la estrechó por los hombros.

—¡Qué bobo! —contestó ella con una sonrisa tristona; y en seguida respondió ávidamente al beso que le ofrecía él—. Espera —dijo luego, alzándose de la butaca—. Espera. Las estantiguas y los estafermos, más vale que se desnuden por separado. —Y pasó al cuarto de baño.

Cuando vino de nuevo, ya Bastos estaba metido en la cama, esperándola.

—Ven, entra en la carpa —la invitó; y ella, rápida, se metió bajo las cobijas.

—Ay, cuánto y cuánto había deseado yo abrazarte así —le susurró al oído.

Y ella:

—Pues yo... Si supieras la de veces que cerraba los ojos para imaginarme que quien me estaba abrazando no era Julio, sino el pícaro de Bastos...

Muy pronto dio comienzo la broma: bulla, gritos ahogados, risitas.

—Aquí está, por fin; aquí lo tengo —exclamó ella de improviso—. Por fin. El as de Bastos: ya. Más vale pájaro en mano...

Y como notara que Bastos se había quedado un poco sorprendido, añadió:

—Es el As de Bastos. Yo siempre lo llamaba así, cuando me lo representaba en mis fantasías: el As de Bastos. Una adaptación del chistecito de Julio, para mi uso privado. Nunca pensarías tú, idiota, que yo no pensaba sino en este dichoso As de Bastos. Ahora, por fin, ya lo tengo en la mano, y no lo suelto. ¿Sabes que no lo suelto?

—Pero, mira, ¡ay!, que me lo vas a arrancar.

—Es lo que te merecías, por tonto: que te lo arrancara de raíz. Mío. Para mí sola.

Un momento después, la buena señora estaba jadeando, y gruñendo, y quejándose. «¡Ay, Julio mío!», la oyó suspirar Bastos. Y eso le dio ira. «Julio», pensó. «Con lo que sale ésta ahora: Julio.» Pero no dijo nada; prefirió no decir nada; para qué. Ya todo estaba consumado. Se echó a un lado pesadamente, y entornó los párpados.

Matilde, cuando a su vez se hubo repuesto un tanto, se volvió hacia él, y —con temor, con piedad— contem-

189

pló la palidez mortal del estafermo, unos ojos sumidos en el fondo de las negras cuencas, la boca reseca.

Sintió la infeliz una especie de congoja. Tapándose la cara con la sábana, lloró un rato en silencio; el llanto la aliviaba.

Luego tuvo que levantarse: «Tendría gracia que a estas alturas...»; y lo hizo con mucho cuidado para que el pobre Bastos no se despertara.

VIOLACIÓN EN CALIFORNIA

—Lo que es en esta dichosa profesión mía —dijo a su mujer en llegando a casa el teniente de policía E. A. Harter— nunca termina uno, la verdad sea dicha, de ver cosas nuevas.

A cuyo exordio, ya ella sabía muy bien que había de seguir el relato, demorado, lleno de circunloquios y plagado de detalles, del caso correspondiente; pero, por supuesto, no antes de que el teniente se hubiera despojado del correaje y pistola, hubiera colgado la guerrera al respaldo de su silla y, sentado ante la mesa, hubiera empezado a comer trocitos de pan con manteca mientras Mabel terminaba de servir la cena e, instalada frente a él, se disponía a escucharlo.

Sólo entonces hizo llegar, en efecto, a sus oídos medio atentos una nueva obertura que, en los términos siguientes, preludiaba un tema de particular interés:

—Los casos de violación son, claro está, plato de cada día —sentenció Harter—; pero ¿a que tú nunca habías oído hablar de la violación de un hombre por mujeres? Pues, hijita, hasta ese extremo hemos llegado, aunque te parezca mentira e imposible.

—¿Un hombre por mujeres?

—Un hombre violado por mujeres.

Después de una pausa, pasó el teniente a relatar lo ocurrido: cierto infeliz muchacho, un alma cándida, viajante de comercio, había sido la víctima del atentado que, sin aliento, acudió en seguida a denunciar en el puesto de policía. Según el denunciante —y su estado de excitación excluía toda probabilidad de una farsa—, dos mujeres a quienes, por imprudente galantería, había accedido a

191

admitir en su coche mientras el de ellas, dizque descompuesto, quedaba abandonado en la carretera, lo obligaron, pistola en mano, a apartarse del camino y, siempre bajo la amenaza de las armas, llegados a lugar propicio, esto es, un descampado y tras de unas matas, lo habían forzado a hacerle *eso* por orden sucesivo, a una primero y a otra después. Sólo cuando hubo satisfecho sus libidinosas exigencias lo dejaron libre de regresar a su automóvil y huir despavorido a refugiarse en nuestros brazos.

—¿Y ellas, mientras?

—Eso le pregunté yo en seguida. Le dimos un vaso de agua para que se tranquilizara y, algo repuesto del susto, pudo por fin ofrecer indicaciones precisas acerca de ellas. Indicaciones precisas, detalles: eso es lo que deseábamos todos. ¿Te imaginas la expectación, querida? Yo ya me veía venir la reacción de los muchachos; me los conozco; era inevitable. Siempre que nos cae un caso pintoresco —y no escasean, por Dios— sucede lo mismo en la oficina; cada cual se hace el desentendido, finge ocuparse de alguna otra cosa, y sólo interviene de cuando en cuando con aire desganado y como por casualidad, para volver en seguida a hundir las narices en sus papelotes, dejándole a otro el turno. Una comedia bien urdida para sacarle a la situación todo el jugo posible, sin abusar, y sin perjuicio de nadie, bien entendido; pues para algo estoy ahí yo, que soy el jefe... «¿Y ellas?», preguntó el sargento Candamo, como lo has preguntado tú. «¿Y ellas?», pregunté yo también. Todos teníamos esa pregunta en los labios. El asunto prometía, desde luego, dar mucho juego. ¿Y ellas? Pues ellas, dos jovenzuelas entre dieciocho y veintitantos años, desaparecieron también echando gas en otro automóvil que tenían escondido un poco más allá, prueba evidente —como yo digo— de su premeditación. «Se largaron por fin aliviadas», comentó Lange; pero esta frase le valió una mirada severa, no sólo mía, sino de sus propios compañeros: no había llegado aún el momento; bien podía guardarse sus chuscadas, el majadero. Lo que procedía ahora era fijar bien las circunstancias para procurar, dentro de su cuadro, la identificación de aquellas palomas torcaces. No había duda, por lo pronto, de que el lance lo habían premeditado cuidadosamente. En primer lugar, las dos amigas, cada una en su respectivo automóvil, se dirigen al punto previamente elegido como escenario de su hazaña, y allí dejan, medio oculto entre los arbustos, el de una de ellas, volviendo ambas con el otro a la carretera. Se detienen, simulan una avería del motor, y cuando ven aparecer a un hombre solo en su máquina le hacen señas de que se detenga, piden su ayuda y consiguen que las suba para acercarlas siquiera hasta la primera estación de servicio. ¿Cómo podía negarse a complacerlas nuestro galante joven? Charlan, ríen. Y la que está sentada junto a él le dice de improviso con la mayor naturalidad del mundo: «Mire, amigazo; la señorita, ahí detrás, tiene una pistola igual que esta —y le enseña una que ella misma acaba de extraer de su bolso— para volarle a usted los sesos si no obedece en seguida cuanto voy a decirle». Hace una pausa para permitir al pobre tipo que, aterrado, compruebe mediante el espejito retrovisor cómo, en efecto, el contacto frío que está sintiendo en la nuca proviene de la boca de una pistola; y acto seguido le ordena tomar la primera sendita a la derecha, ésta, sí, por acá, eso es, y seguir hasta el lugar previsto. Allí, una vez consumada la violación, las dos damiselas abordan el automóvil que antes se habían dejado oculto, y regresan al punto donde abandonaron el otro con la supuesta avería, para desaparecer cada cual por su lado.

—¿Y no les hubiera sido mucho más fácil, y más seguro, me pregunto yo, en vez de tanta complicación, usar un solo coche y volverse a buscarlo luego en el de la víctima; digo, en el del muchacho, dejándolo así a pie al pobre gato?

—Sin duda; pero lo que hicieron fue eso otro, tal como te lo cuento. Váyase a saber por qué.

—De cualquier modo eso facilitará, supongo, la tarea de dar con ellas, ¿no? Los datos de dos automóviles...

—¿Qué datos, si el muy bobo no se fijó en nada? Primero, encandilado con las bellezas de carretera, apenas puede indicar que se trataba de un Plymouth no muy nuevo, azul oscuro, cree; ni número de matrícula, ni nada. Y respecto del segundo auto, con la nerviosidad de la situación, cuando quiso reparar ya ellas habían transpuesto.

—¡Qué bobo!

—«Y ¿por qué no las seguiste, siquiera a la distancia?», va y le pregunta el sargento Candamo. «Hasta que no me metí los pantalones y pude reaccionar, ya ellas se habían perdido de vista». También, hay que ponerse en el caso del infeliz. Él temía que no iban a dejarlo escapar así; se temía que, después de haber abusado de él, irían a matarlo. Se comprende: estaba azorado. En cambio, sí nos ha podido suministrar con bastante exactitud las señas personales de esas forajidas. Sobre este punto, figúrate, los muchachos lo han exprimido como limón.

—Y tú, que lo permitiste.

—Por la conveniencia del servicio. Podrán ellos haberse regodeado (discretamente), no digo que no; pero es lo cierto que a los fines de la investigación cualquier insignificancia resulta en ocasiones inapreciable. Nadie sabe. De manera que los dejé estrujar el limón, apurarlo hasta el último detalle. Hojas y hojas han llenado con los datos; ahora, claro, será menester resumirlos para confeccionar un prontuario manejable. Al parecer, la que subió al lado suyo junto al volante era quien domina y manda. Y también la más bonita de las dos, para su gusto: una rubia

194

pequeñita, muy blanca, ojos azules, y con tal vocecita de nena que cuando, pistola en mano, empezó a darle instrucciones, creyó él al principio que estaba de broma. Menuda broma. Hasta ese instante, la encantadora criatura había empleado un lenguaje mimosón, con mucho meneo de ojos. Ahora, afirma él, se le puso cruel y fría la mirada. Él tiene que dramatizarlo, qué remedio. Aunque todo el personal a mis órdenes supo guardar la debida compostura, el denunciante quizás comenzaba a sentirse ridículo... En cuanto a la otra prójima, que apenas había hablado y apenas lo había mirado, era más alta (en fin, no mucho: estatura corriente) y algo más recia, tirando también a rubia, pero con los ojos oscuros, y uñas muy pintadas. Las dos, más o menos bien vestidas, sin que el imbécil haya sido capaz tampoco de agregar grandes particularidades sobre su vestimenta.

—¡Qué imbécil!

—Hay que ponerse en su pellejo. En realidad, no da la impresión de tonto, ni mucho menos. Es todavía un chiquillo, veinticuatro años. Y como viajante de comercio parece desempeñarse bien. Pero las circunstancias, hay que reconocerlo... «Y usted, un hombre como un castillo, en la flor de la edad, ¿necesita que ninfas semejantes lo obliguen por la fuerza a hacerles un favorcito?», le reprochó medio indignado medio burlesco, el barbarote de Lange que hasta entonces no había vuelto a meter cuchara. Ante salida tan indiscreta (pero ya sabes cómo es Lange), nuestro joven denunciante se ruborizó un poco, tuvo una sonrisita de turbación, y terminó por protestar, sacando el pecho, de que él hubiera cumplido con mil amores y sin necesidad de coacción alguna lo que le exigían sus asaltantes. Confesó, incluso, que al recogerlas de la carretera contraviniendo los consejos oficiales contra el llamado auto-stop (consejos cuya prudencia reconocía ahora demasiado tarde), no dejó de hacerse algunas ilusiones sobre

los eventuales frutos que su gentileza pudiera rendirle. No;
¿qué había de necesitar él intimidaciones para una cosa
por el estilo? Sólo que aquel par de arpías lo que por
lo visto querían era precisamente eso, la violencia, sin la
cual —por lo visto— no le encontraban gracia al asunto.
Más de una vez y más de dos les había pedido él que
depusieran las inútiles armas, pues estaba muy dispuesto
a complacerlas en cuanto desearan, pero que debían comprender cuán difícil le resultaría hacerlo bajo condiciones
tales. De nada valieron, sin embargo, súplicas ni promesas,
que sólo parecían excitar su rigor. Así, pues, una vez en el
lugar previsto, y siempre bajo la amenaza de las dos pistolas, oyó que la rubita le ordenaba perentoriamente que
procediera a actuar en beneficio suyo; para cuyo efecto,
pasó a su compañera la embarazosa pistola con instrucciones de disparar, diestra y siniestra, sobre el inerme joven si éste remoloneaba en cumplir dicho cometido, al
tiempo que, por su parte, lo facilitaba, tendiéndose a la
expectativa sobre la arena caliente. Es de saber que ninguna de las dos socias (dicho sea entre paréntesis) llevaba
nada bajo la falda: más que evidente resulta, pues, la
premeditación. Pero ¿cómo hubiera podido él ejecutar
lo que se le pedía bajo intimidación tan grave? Te imagi-
narás, Mabel, que, por razones técnicas, forzar a un hombre es mucho más difícil que forzar a una mujer; y el pobre muchacho, que se apresuró a mostrar sus buenas dis-
posiciones despojándose de la ropa, procuraba ganar tiempo e insistía en convencer a sus raptoras de que, para lo
demás, aun con la mejor voluntad del mundo, y aunque
lo mataran, no conseguiría hacer lo mandado si antes no lo
exoneraban del mortal apremio. Hasta que, por fin, la rubita, alzándose del suelo, desgajó una rama y empezó a
golpearle con fría furia sobre el flojo miembro, mientras
que la otra se reía odiosamente. ¡Santo remedio! No hay
duda de que el castigo, por triste que resulte admitirlo,

hace marchar a los renuentes y perezosos. Ahora, el joven
—a la vista estaba— podía responder ya a lo que se esperaba de él; y, en efecto, no dejó de aplicarse con ahínco
a la obra, a pesar de que, entre tanto, la otra pájara, in-
sultándolo y llamándole cagón, empezó a propinarle pun-
tapiés y taconazos en el desnudo trasero, de los cuales
—afirmó el denunciante— le quedaba todavía el dolor y,
seguramente, la huella...

Con eso y todo —fíjate, mujer, cómo es la gente—
aún presume el majadero (porque la presunción humana
carece de límites), aún alardea y se jacta de sus viriles
rendimientos, «no obstante lo adverso de la situación»,
dice él, tanto durante esa primera prueba como en la segunda, cuando, cambiando de papeles, la saciada rubita se
hizo cargo de las pistolas para dar ocasión a que su compinche se echara también sobre la arena... Cuando todo se
hubo consumado, «entonces —declaraba el joven— fue
que me entró el verdadero terror. Ahorita me matan, pensé». Y lo cierto es que no le faltaban motivos para te-
merlo. Pero, ya ves lo que son las cosas, no ocurrió así.
Ellas se marcharon tan tranquilas, después de darle las
gracias por todo con fina sorna. Y él, desgraciado, corrió a refugiarse en los brazos de mamá, es decir, en el
puesto de policía, donde apenas si lograba explicarse cuando, como una tromba, entró por aquellas puertas.

—Y ahora, ¿qué?

—Ahora habrá que hacer toda clase de diligencias
para buscar a las dos tipas. Por supuesto, yo no he consentido —ya me conoces—, no he permitido ni por un
momento que al pobre inocente se le tome el pelo, como
empezaban a hacerlo poco a poco los muchachos, no bien
hubo soltado hasta el último detalle del lamentable episodio, con preguntas acerca de si en tal ocasión había perdido la virginidad o de qué castigo creía él que merecían
sus violadoras. Pero la verdad es que no veo yo lo que

pueda adelantar el cuitado con su denuncia, ni qué pensará sacar en limpio de todo esto. Si se las encuentra, y no dudo que daremos con ellas, presentarán su propia versión del asunto, date cuenta la especie de percantas que han de ser; afirmarán que todo fue una broma, que él tuvo la culpa, que las pistolas eran de juguete, o que no había tales o quién sabe qué. Y la gente, cuando se entere, no hay duda que va a tomarlo en pura chanza... Pero yo estoy convencido, como te digo, de que cuanto ha contado el muchacho es rigurosamente exacto; y en manera alguna me parece que sea motivo de chanza. No, de ninguna manera. Muy al contrario, de la mayor preocupación. Encuentro en ello un signo de los tiempos, y un signo demasiado alarmante. Para mí, qué quieres que te diga, Mabel: eso es todo lo que me faltaba por ver en este mundo: mujeres violando a un hombre.

Mabel se quedó callada, y luego de un rato dijo a su marido, que parecía absorto en la operación de pelar un durazno sobre el plato, vacío ya, de su *roast beef:*

—¿Sabes de qué me estoy acordando? Me estoy acordando de lo ocurrido con las hermanas López, allá en Santa Cecilia.

—¿Qué hermanas López?

—¿Cómo que qué hermanas López? Las López, ¿no te acuerdas? En Santa Cecilia.

Mabel era de Santa Cecilia, Nuevo México; allí la había conocido su futuro marido, el entonces cabo Harter.

—¿Cómo no vas a acordarte, hombre, si fue un escándalo tremendo?

Pero fue ella quien se acordó ahora de que el caso había sucedido durante los años de la guerra, cuando todavía Harter, incorporado a la Marina, estaba peleando en las islas del Pacífico.

—De todas maneras, raro sería que yo no te lo hubiera referido en alguna carta; durante aquellas semanas se habló más de eso en Santa Cecilia que de la guerra misma o de cualquier otro asunto. Bueno, poco importa.

Lo ocurrido era, en pocas palabras, que a las hermanas López, unas señoritas aburridas —«ya tú sabes cómo esas gentes son»— les vino la idea, para distraer su pesado encierro, de llamar por la ventana a Martín, el tonto del pueblo —¿tampoco se acordaba Harter del tonto Martín, irrisión de cuanto vago...? Habían llamado, pues, a Martín bajo pretexto de darle un traje desechado de su padre, pero con el sano propósito de estudiar *in anima vili* las peculiaridades anatómicas del macho humano, apagando mediante una exploración a mansalva la sed de conocimiento que torturaba a sus caldeadas imaginaciones. Pero sí; fíese usted de los deficientes mentales. *Anima vili,* quizás; pero no desde luego cuerpo muerto; el caso es que, tonto y todo, Martín se aficionó a los ávidos toqueteos de las señoritas; y pronto pudo vérsele en permanente centinela frente a su ventana. Allí, hilando baba de la mañana a la noche, pasaba el bobo su vida ociosa; impaciente, exigente, y nunca satisfecho con platos de comida ni con monedas. Tampoco parece que las amenazas lo ahuyentaran; y seguramente alguna otra ocasional concesión, lejos de calmarlo, aumentaba sus apetitos bestiales. Desde luego, los malpensados lo sonsacaban y los malintencionados lo empujaban. Gruñidos, risotadas y ademanes, y el brillo idiota de sus ojuelos —«pero, ¿no te acuerdas de él, hombre?»—, el resultado es que se descubrió el pastel, o por lo menos, amenazaba descubrirse; y se comprenderá el pánico que debió apoderarse de las pudibundas vestales... Finalmente, el día menos pensado, amaneció muerto Martín, y la autopsia pudo descubrir en su estómago e intestinos pedacitos de vidrio. No hay que decir cuánto se murmuró, dando por hecho que las señoritas López lo habrían obsequiado con algún manjar confeccionado especialmente para él por sus manos primorosas; pero, ¿cómo probar nada? Ni ¿quién iba a acusarlas? ¿sobre qué base? Nada impedía tampoco que el tonto se hubiera tragado una de esas mortales albóndigas que se echan a los perros para exterminarlos; o cualquier otra cosa: de un pobre idiota puede suponerse todo. Y por lo demás, la historia con las López no había pasado nunca de habladurías, chismes y soeces maledicencias. Conque todo se quedó ahí.

—Y ¿tú crees?...

—Pues ¿quién sabe? Hoy día estarán hechas unas viejas beatas, las famosas hermanas López.

—Tú te has acordado de esa historia añeja a propósito de la violación de hoy.

—Ya ves: tu joven viajante de comercio ha salido mejor librado que aquel pobre Martín.

—Lo que tú quieres decirme con eso es que, después de todo, no hay nada nuevo bajo el sol de California.

UNA BODA SONADA

Se llamaba Ataíde, Homero Ataíde; pero desde sus tiempos de la escuela le decían todos Ataúde, porque, siendo dueño su padre de una modesta empresa de pompas fúnebres, nadie renuncia a hacer un chiste fácil a costa del prójimo. Por lo demás, a él le importaba poco, lo tomaba por las buenas, no se ofendía. ¿Ataúde? Pues muy bien: Ataúde. Eso es lo que a todos nos espera, después de todo, puesto que mortales somos. Pero si su apellido sugería tal *memento,* ¿por qué no reparaban también en el presagio de su nombre de pila, Homero? Este nombre le había sido otorgado a iniciativa de su tía y madrina, doña Amancia, y en verdad que por una vez el horóscopo de la dama no resultó vano: el recién nacido lo había hecho, como el tiempo vendría a demostrar, para poeta; quizás no muy grande ni famoso, pero poeta de todos modos... Doña Amancia, su tía, alias Celeste Mensajero, practicaba, por módico estipendio, las artes adivinatorias en un gabinete o consultorio instalado en el mismo edificio de la funeraria, aunque —eso sí— con entrada independiente y sobre la otra fachada. Bien puede ser que la buena señora ignorase todo acerca de Homero, el de la *Ilíada,* y váyase a averiguar de dónde se sacó el nombrecito para su sobrino; pero si así fuera, ello confirmaría el decreto de las estrellas en lugar de desautorizarlo: las pitonisas, cuando aciertan, aciertan a tientas; y en cuanto a nuestro Homero, la cosa es que desde edad escolar había comenzado a dar muestras de su irremediable vocación lírica.

Verdad es que allí, en tan pequeña y mortecina capital de provincias, pocas oportunidades de brillar se ofrecían a su estro. El poeta Ataúde hubo de resignarse, por lo pronto, a ingresar como meritorio en la redacción de *El Eco del País* donde, en su calidad de tal redactor meritorio, veía publicada los domingos alguna que otra oda o soneto, mientras que durante el resto de la semana se afanaba por recoger noticias, sea en la Casa de Socorro, a veces en el Gobierno Civil y, generalmente, dondequiera que se originasen.

No hay que decirlo: jamás dejaba de acudir al teatro si por ventura había llegado una compañía en *tournée,* o cuando a algún temerario se le ocurría contratar, acá y allá, artistas más o menos prometedoras para montar un azaroso espectáculo de variedades. El único galardón seguro que esas ilusas podían prometerse por su parte, era la gacetilla encomiástica de Ataúde en *El Eco del País,* más el homenaje floral con que el poeta subrayaba el testimonio impreso de su admiración, en los casos en que de veras pareciera valer la pena. Si la artista en cuestión daba muestras de cierta receptividad, si no era demasiado ostensible su indiferencia hacia la poesía, panegírico y ramo de flores acudían, infalibles, a estimular la sensibilidad lírica que pudiera albergarse en su seno; y no tardaban entonces en saber ellas de labios de Homero cuán gemelas eran sus almas, cómo habían nacido el uno para el otro, y qué gran suerte era para ambos el encontrarse y haberse reconocido en medio de aquel páramo.

Nunca faltaban, por supuesto, mal intencionados y envidiosos que se acercaran al oído de las bellezas para destruir el efecto de la galantería, con la insidia de que las flores del *bouquet* les llegaban de segunda mano. Sospechar que la ofrenda del vate pudiera haber sido llorosa corona fúnebre aquella mañana misma, las enfurecía a veces, y no sin razón, contra quien así osaba obsequiarlas con despojos de la muerte. Otras optaban por creer sus vehementes desmentidos; y ni siquiera faltaba alguna que, más corrida o filósofa, acogiera con risillas cínicas a Ataúde

202

cuando, para sincerarse, acudía a visitarla en la Pensión Lusitana, que era donde las artistas solían tomar alojamiento, y le riera la gracia, estimándole a pesar de todo su buena voluntad.

Ahí, en el vestíbulo o recibidor de la Pensión Lusitana, sobre ese divancito que había presenciado varios de sus triunfos y también alguna derrota, tuvo comienzo, precisamente, el idilio a resultas del cual, la encantadora ninfa conocida en las tablas por Flor del Monte, llegaría a convertirse en esposa de nuestro Homero; ahí fue donde el sensible corazón del poeta quedó anegado por el raudal de aquellas lágrimas inocentes... Pues la que pronto pasaría a ser doña Flora Montes de Ataíde (el *nom de guerre,* Flor del Monte, apenas disfrazaba su verdadero nombre civil, Flora Montes y García, hija de legítimo matrimonio), esta delicada criaturita acababa de sufrir, en efecto, brutal ultraje por parte de unos señoritos imbéciles, y se mostraba, claro está, abatidísima. La injusticia que se le había hecho, y su irrestañable desconsuelo, fueron bastante para sublevar los nobles sentimientos del poeta, poniéndole resueltamente de parte suya.

Pues, hay que confesarlo, hasta ese momento él, como los demás, como la ciudad entera, había estado vacilando en sus preferencias entre la gentil rubia cuya espiritualidad triunfaba, arrolladora, en sus danzas, sobre todo en la de los velos, siempre muy aplaudida, y la otra luminaria, Asunta, la Criolla de Fuego, morocha simpática que, poseyendo sin duda menos recursos artísticos, apelaba a las armas desleales del meneo y de la indecencia para derrotar a su rival.

En realidad, se trataba de dos artistas notables, cada cual en su género. Nada impedía gustar de una y de otra, y no había motivo serio, siendo tan distintas entre sí, para que la emulación se enconara hasta el extremo de engendrar bandos enemigos. Pero Asmodeo, organizador y em-

203

presario del espectáculo, astutamente había dispuesto las cosas con vistas a este resultado. Dueño de dos cines y de sendas confiterías adyacentes, el hombre era entusiasta del principio competitivo como raíz de los negocios, y poseía innegable habilidad para explotar la tendencia humana a asumir parcialidades. Si en esta aventura teatral en que se había embarcado hubiera traído al programa tres estrellas, o bien sólo una, la polarización de opiniones habría sido más difícil. Su acierto —desdichado acierto— consistió en presentar al público dos figuras de categoría equivalente, y destacarlas por igual entre números de relleno: juegos malabares, un prestidigitador, perros amaestrados y quién sabe qué más bagatelas, que a su tiempo —esto es, a la segunda semana— fueron sustituidos por un ventrílocuo, una medium, un equilibrista, etcétera, mientras que Flor del Monte y la Criolla de Fuego, la Criolla de Fuego y Flor del Monte, continuaban disputándose el favor de los espectadores. Por este procedimiento logró Asmodeo su interesado propósito: la rivalidad se había hecho ya muy aguda, dividiendo en bandos enemigos al público de la sala, a las tertulias en todos los cafés, y —dicho queda— a la ciudad entera.

Sólo el poeta Ataúde había logrado hasta el momento mantener su apariencia de ecuanimidad. En un principio repartió ditirambos y ramilletes equitativamente entre ambas. Con una y con otra había pretendido entablar, en coloquios oportunos, una solidaridad de artistas cuyas almas se encuentran y reconocen en medio de aquel páramo de vulgaridad. Y el hecho de que las dos le hubieran dispensado acogida semejante no contribuía, por cierto, a precipitar una preferencia en su ánimo: adujeron una y otra que, aparte la molesta vigilancia de sus respectivas progenitoras, don Asmodeo les exigía por contrato una conducta irreprochable mientras estuvieran actuando en la ciudad, puesto que las *matinées* de sábados y domingos estaban consagradas a las familias. Tan sólo en las tablas —y ello, siempre que no fuera *matinée*— les estaba permitido propasarse algo, como medio para pujar las respectivas banderías. Pero, fuera de esos pequeños atrevimientos, estaban obligadas a mostrarse en extremo reservadas, absteniéndose de admitir invitaciones particulares de clase alguna, aun cuando se les consintiera en cambio, como lo hacían muy gustosas, alternar con un grupo de señores serios después de la función, en la confitería del teatro.

Así se había llegado hasta mediar la tercera semana de actuación: todo un éxito; y aunque Homero no hubiera declarado todavía sus preferencias, empezaba a considerar inicuo en su fuero interno que los atractivos de la Criolla de Fuego, con toda su opulencia, pudieran prevalecer al fin sobre la espiritualidad depurada de Flor del Monte. Pues es lo cierto que aquella morocha, Asunta, fiada en los dones espontáneos de la naturaleza, se excedía en el descoco, hacía alarde, mientras que, honestamente, la danzarina se afanaba por desplegar en sus creaciones los recursos superiores del arte. El Arte, contra las malas artes, pensaba Homero, perfilando una frase que quizás usaría en letras de molde llegado el momento. Porque, triste es reconocerlo, la gente —reflexionaba Ataúde— tiene gustos groseros, y no hay remedio.

Por suerte, la Flor del Monte no era envidiosa; y buena tonta hubiera sido envidiándole a la otra los aplausos frenéticos que arrancaba con el meneo y final exhibición de aquellas tremendas vejigas de pavo, con que hubiera podido amamantar a los gigantones del Corpus, según ella las había caracterizado durante un aparte que danzarina y poeta tuvieron la noche antes en la tertulia de la confitería. No; ella, Flor, era una artista decente, y por nada del mundo incurriría en detalles de tan mal gusto. Desde luego que, en ese terreno, jamás iba a ponerse a competir con la Criolla («que no es criolla ni nada, ¿sabes?; es de una aldea de por aquí cerca»).

Y tenía razón. Tampoco era ése su género. Flor del Monte era lo que se llama una artista fina; y, en verdad, una artista maravillosa. Con su belleza frágil, su cabellera rubia, sus ojos celestes, sus brazos y piernas alongados, resultaba inimitable en varios de sus números, sobre todo en la celebrada Danza de los Velos, donde, trasluciéndosele apenas las carnes blanquísimas bajo gasas azulinas y verdosas, su aérea movilidad era capaz de excitar la fantasía hasta del más lerdo, cuanto más, arrebatar a quienes, como Ataúde, poseían una sensibilidad refinada. Cual una ninfa, cual una libélula, se alzaba del suelo esta exquisita niña, giraba con gráciles inflexiones, y constituía una experiencia embriagadora la de seguir el vuelo de su pie, adornado de ajorcas el tobillo, cuando se remontaba, dentro de un escarpín de raso dorado, por encima de su no menos dorada cabecita, para iniciar en seguida una vuelta ágil que había de transponerla, en un salto, al otro lado del escenario... Razón tenía para desdeñar los trucos obscenos con que la Criolla sabía levantar de cascos a la platea. Frente a esa excitación de la multitud, que con ruidoso y creciente entusiasmo respondía a las procacidades ya casi intolerables de Asunta, era muy explicable el resentimiento de la pobre Florita.

Lo malo fue que no consiguió disimularlo como hubiera debido. Porque los majaderos que, todas las noches, después de la función, invitaban a las artistas y las retenían, tomando copitas de anisete, en la confitería hasta Dios sabe qué horas, se dieron cuenta en seguida, y se dedicaron a pincharla, irritarla y azuzarla contra la sonriente Criolla, cuyo cacumen, un tanto romo, no le permitía replicar a los alfilerazos de su colega y todo lo arreglaba con poner hociquitos, hacer mohínes, soltar risotadas, y repetir: «Anda ésta»; «Pues sí»; «Vaya», y otras frases no menos expresivas.

En suma, que si la Criolla de Fuego se apuntaba algunos tantos en el escenario merced a su desvergüenza, en este otro espectáculo privado con que prolongaban la velada unos cuantos «conspicuos» —Ataúde, claro está, entre ellos—, gozaba Flor del Monte de su revancha, desquitándose con creces: en este terreno, el espíritu derrotaba por completo a la materia. Y los malasangre, los necios, viendo cómo la irritación aguzaba de día en día las flechas de su femenil ingenio, y no contentos ya con alimentar su agresividad mediante toquecitos sutiles, urdieron entre ellos una pequeña farsa cuyos frutos se prometían saborear después, en la tertulia. Esperaban el momento en que las artistas se agarraran por fin de los pelos, como no podía dejar de suceder, según iban las cosas. Lo que habían inventado fue fingir impaciencia en la función de aquella noche durante la Danza de los Velos, y ponerse a reclamar con gritos y abucheos la presencia de Asunta, la Criolla, en el escenario.

En esa intriga estúpida no participó el poeta, que era un caballero. Ni siquiera puede afirmarse que fuera iniciativa de la tertulia, sino idea de unos pocos, de Castrito, el de la fábrica de medias, de los hermanos Muiño, estudiantes perpetuos, del mediquito nuevo —¿cómo se llamaba?—, y dos o tres más, que tenían abonado un palco proscenio. Desde ese palco, tan pronto como Flor del Monte inició su admirable danza, empezaron a chistarle, a sisear, y a pedir Prendas Íntimas, el número bomba de la Criolla.

¿Cómo una cosa así no había de herir el amor propio de artista tan sensible? Tuvo ella, sin embargo, la prudencia de hacerse la desentendida, y continuó, por lo pronto, evolucionando sobre el escenario a compás de la melodía oriental que acompañaba a sus gráciles movimientos, en la esperanza de que la broma no pasaría a mayores. ¡Esperanza vana! Era eso no conocer al adversario. Atrincherados en el palco, sus torturadores intensificaban por el contrario, incansables, el fuego graneado de su rechifla, a la vez que espiaban los efectos previsibles de la agresión y se gozaban en observar los primeros síntomas del azoramiento que esta calculada ofensiva tenía que causar en el ánimo de la danzarina. «Mírala, mírala; ya no puede disimular más. Ya no da pie con bola —reía el mayor de los Muiño a la oreja del teniente Fonseca—. Ésa termina dando un traspiés, se pega el batacazo: tú lo verás».

Pero lo que vieron fue algo que nadie esperaba. En una de sus rítmicas evoluciones, la artista fulminó a sus ocupantes una terrible mirada, se detuvo por un instante, levantó la pierna y disparó contra ellos explosiva detonación: como el diablo en la Divina Comedia, *avea del cul fatto trombetta*. Tras de lo cual, prosiguió tan campante la Danza de los Velos.

¿A qué ponderar la estupefacción que el hecho produjo? Aquella nota discordante hizo que la orquesta desafinara; la platea empezó a rebullir, inquieta; y en cuanto a los ocupantes del palco proscenio, que en el primer instante se habían quedado mudos de asombro, reaccionaron en seguida con la natural indignación. Rojos de ira, proferían contra la artista gritos soeces de «Guarra» y de «Tía cerda», amenazándole con el puño. Pero, entretanto, ya la danza había terminado, y Flor del Monte se retiraba como si tal cosa tras de los bastidores, dejando a la sala sumida en descomunal baraúnda. Risas, improperios y disputas se mezclaban ahora, con terrible algazara, a la ovación de costumbre...

Puede imaginarse: aquella noche la danzarina no estuvo de humor para concurrir a la tertulia de la confitería, por más que le insistieran sus amigos sobre la conveniencia, o aun necesidad, de no faltar, hoy menos que nunca. Pese a todo se retiró ella, acompañada de su señora madre, a sus cuarteles de la Pensión Lusitana: tenía una fuerte jaqueca. Y allí, en la pensión, compareció pocos minutos más tarde a presentarle sus respetos el poeta Ataúde, uno de aquellos amigos leales. Ataúde había creído deber suyo visitarla en la ocasión, no sólo por si acaso el periódico decidía hacerse eco de lo ocurrido —aún ignoraba Homero cuál sería la actitud del director—, sino también, y sobre todo, porque deseaba testimoniar a la joven artista su simpatía, desolidarizándose netamente de los imbéciles que, con su conducta incalificable, habían provocado el ruidoso incidente.

Al principio ella se negaba a recibirlo; no quería verlo, a él ni a nadie: le dolía mucho la cabeza. Pero como el periodista insistiera y rogara, salió por fin con los ojos coloradísimos, y no bien se hubo dejado caer junto a su fiel admirador en el divancito del vestíbulo, rompió a llorar de nuevo, anegada en un mar de lágrimas y sollozos. Ataúde supo, diestro, enjugar esas líquidas perlas y ganarse con su solicitud la benevolencia de la dolida Flora, su afecto. Le declaró el poeta que, lejos de hacerle desmerecer en opinión suya ni de nadie, la resonante acción con que había repelido a sus burladores, más bien tenía que concitarle el aprecio de cualquier conciencia recta. Por consiguiente, no afligida, avergonzada ni contrita, sino ufana y orgullosa debía mostrarse de haber sabido emplear un remedio heroico. ¿Merecían, tal vez, otra cosa semejante patulea de señoritos chulos? Habían recibido la respuesta condigna a sus despreciables provocaciones, y bien empleada se la tenían. Así, pues, nada de esconder el bulto, sino al contrario: mantener con la frente muy alta la gallardía de su gesto.

Ante exhortaciones tan cariñosas, la artista le dirigió una mirada de ansiedad y de reconocimiento: necesitaba esa confortación; mucho bien le hacía oírle decir a un hombre como él, a una persona decente y culta, que no vituperaba su proceder, e incluso lo aprobaba. Para ser franca, debía confesar que todo había sido una ocurrencia repentina. Sintió la oportunidad, y la aprovechó para acallar a la jauría que tan sin piedad la acosaba. Fue una ocurrencia súbita, una inspiración del momento. Podía jurar que no hubo en ello la menor premeditación. De no haberse dejado llevar por la cólera, es lo cierto que, en frío, jamás se hubiera atrevido a una cosa así. Y ahora le pesaba el arrebato, le daba muchísima vergüenza; tanto más que su mamá se había puesto hecha un basilisco, afeándole ásperamente su comportamiento. «Créame, amigo Homero: si hice mal o hice bien, no lo sé; pero lo que sí sé es que, en aquel instante, si hubiera tenido en la mano un revólver cargado, lo mismo se lo disparo encima a esos canallas...» Y lloraba, lloraba desconsolada otra vez.

Ataúde, tierna y respetuosamente, empezó a pasarle la mano por la cabecita; y ella, al sentirse acariciada, la dejó reposar en el hombro del poeta tras de haberlo recompensado con encantadora sonrisa... Total, que ahí nació un idilio destinado a sacramentarse al pie de los altares. No mucho rato había pasado, en efecto, cuando ya estaban riéndose ambos. Con los ojos todavía enrojecidos y húmedos, a Flor del Monte —¡lo que es la juventud!— le retozaba la risa cada vez que se acordaba del modo cómo les había tapado la boca a aquellos gritones. Atónitos los había dejado. Pues ¿qué se creían, los mamarrachos? ¿que iban a poder con ella? ¿A que no se aguardaban esa respuesta?... Y también le daba risa, mezclada con una sombra de preocupación, pensar en los comentarios furibundos que a aquella misma hora estarían haciendo en la tertulia de la confitería y, más que nada, las idioteces que largaría la Criolla de Fuego. «Es que la gente —reflexionó Ataúde— es de lo más infame, y conviene siempre tenerla a raya; darle una lección de vez en cuando. Enseñarles las uñas, sí. Has hecho muy bien, nena; muy requetebién has hecho. Pues ¿qué se pensaban? ¡Si sabré yo cómo se las gastan esos tipos! Son unos malasangre.» «¿Es verdad, Homero —le preguntó entonces, picarona, Florita— eso que dicen de ti, que regalas flores usadas ya en los servicios funerarios?» «Eso —protestó el poeta— es una solemne mentira. Lo que pasa es que son muy envidiosos; tienen envidia, y eso es todo. La verdad es que, con el negocio de mi padre, a nosotros las flores nos resultan mucho más baratas, somos grandes consumidores, ¿te percatas? Además, flores siempre son flores, qué demonios; y con ellas tanto puede armarse un ramillete como una corona. Puras ganas de jeringar.» Ella se reía, quitándole toda importancia a la cuestión. Y respecto de lo otro, pues sí, casi se alegraba ahora de haberlo hecho. Sería una grosería, pero si no, ¿adónde habríamos llegado? Le bastaba a ella con que a persona tan ilustrada y noble como Ataíde, un poeta, no le hubiera parecido demasiado mal. Si él lo aprobaba... Se levantó: «Voy a llamar a mi mamá para que sepa que, a pesar de todo, no me faltan amigos sinceros».

Vino la mamá, lo saludó con aire de preocupación digna, le agradeció la cortesía de su visita, deploró la desgracia (así calificaba ella el incidente del teatro), le invitó a tomar una copita de oporto, y mientras Flora iba a la pieza para buscar el vino, la señora mayor expuso sus cuitas al poeta: «Ay, señor mío, usted no sabe lo que una madre tiene que padecer. Esta niña mía es tan impulsiva... Yo siempre se lo digo, que no sea tan impulsiva; pero no hay remedio. Fíjese, la barbaridad. Lo peor ahora es que el empresario querrá aprovecharse para cancelarle el contrato. Y de cualquier manera, ¿con qué cara va ésta a presentarse otra vez mañana delante del público? ¡Qué catástrofe, señor Ataíde, qué catástrofe!». «Déjeme a mí, señora, que yo estudie un poco la situación. Todo se arreglará, descuide. Creo que todo se arreglará.» Ataúde se sentía ya protector, deseaba asumir responsabilidades. «Quizás lo mejor sea que la niña abandone esto de las varietés, que no va a darle más que disgustos, porque el público es muy bestia, y... Pero, hágame caso, ponga el asunto en mis manos. Tengo una idea.»

La idea que había tenido era, sencillamente, la de casarse con Florita, que ahora aparecía de nuevo en el vestíbulo trayendo en una bandeja, no la cabeza del Bautista, sino una botella de oporto, tres copas y galletitas. Era también un impulsivo nuestro poeta, y también fue para él la del matrimonio una ocurrencia repentina, aunque se abstuvo de soltarla a boca de jarro. Pero desde ese momento mismo supo ya que estaba enamorado de Flor del Monte, y que había de convertirla en su legítima esposa, ofreciéndole con su mano la mejor reparación pública en que hubiera podido soñar para sacarse la espina del dichoso incidente.

Lo primero que hizo a la otra mañana nuestro hombre fue consultar con su madrina, doña Amancia, no en procura de un horóscopo, sino para explorar su reacción frente a lo que ya era en él un propósito firme. Esa reacción no pudo haber sido más favorable. La pitonisa venía quejándose, cada vez con más frecuencia, de que si un día u otro se quería morir, no habría quien asumiera las obligaciones profesionales del consultorio. «¿Quién se hará cargo de todo esto?», se preguntaba consternada, repasando alrededor suyo, con su mirada enigmática y llorona, la estatuilla de Buda, el búho disecado en el fanal de la cómoda, el cromo de las Ánimas, la bola de cristal, los naipes y demás polvorientos adminículos de su oficio. La sugestión del sobrino consistía en ofrecerle con su consorte una auxiliar a la que pronto iniciara en los misterios de la cábala, para cuyo servicio siempre se había negado

Mensajero Celeste a admitir extrañas. Un ósculo sobre su frente inspirada recompensó la idea del poeta; quien, muy contento con este resultado, corrió a comunicar su decisión a la autoridad paterna. El padre no era problema. Oyó el proyecto, supo quién había de ser su nuera, y despachó al vástago con lacónica sentencia: «Toda la vida fuiste un cretino, hijo mío», *dictum* perentorio que éste no dudó en interpretar a modo de aprobación.

La boda se celebró con extraordinario boato. Tenía Homero empeño en hacer de la ceremonia un triunfo social para la artista, a quien unos imbéciles habían pretendido humillar con sus procacidades. ¡Podían afirmar ahora, si les daba la gana, ser fúnebres y de segunda mano aquellas flores que, abundantísimas, inundaban la iglesia, dalias, crisantemos y lirios, y aun la hermosa brazada de azucenas portada por la novia mientras el prestigioso industrial, padre del contrayente, la conducía del brazo hacia el ara! ¡Que fingieran, si ello les divertía, reconocer en el tronco de caballos blancos enganchado a la berlina nupcial a los que la Casa empleaba para transportar inocentes al cementerio! ¡Que gastaran cuantas cuchufletas se les antojase! Bien sabía Homero Ataíde que maledicencias tales son fruto podrido de la envidia. Lo cierto y lo que importa es que el evento social adquirió relieve inusitado, como él mismo había escrito de antemano en la crónica que debía proclamarlo, al día siguiente, desde las columnas de *El Eco del País*. Llena la iglesia de bote en bote, no se produjo, sin embargo, ninguna de esas bromas de mal gusto que, dadas las circunstancias, hubieran sido de temer: todo salió a las mil maravillas. Y lo único que lamentaron, especialmente la novia, fue que ya para esa fecha se había marchado de la ciudad Asunta, la Criolla de Fuego, con la quina que, si no, hubiera tenido que tragar.

El bar.quete tuvo lugar en una de las confiterías de Asmodeo, quien —justo es reconocerlo— se portó en todo este asunto como un caballero, brindando mil facilidades en cuanto se refiere a la rescisión del contrato, y llevando su generosidad hasta el extremo de pagarle a la artista la semana completa sin que actuara. En fin, que todo resultó a pedir de boca.

Y para colmo, la muchacha aportó al matrimonio más de una sorpresa agradable. La primera de ellas fue que estaba virgo. Luego, que no tenía mala mano para la cocina. Flor del Monte empezó a iniciarse en seguida en las artes adivinatorias de que era maestra Mensajero Celeste, conservando a estos efectos su nombre de guerra, e incluso aprovechó el atuendo de la Danza de los Velos para oficiar como vicaria de doña Amancia en su pequeño templo, del que pronto pasaría a ser sacerdotisa única. Pero esto último no sucedería hasta después de haber dado a luz el primer fruto de sus amores conyugales, un robusto infante al que bautizaron con el nombre de Santiago, por devoción al Apóstol llamado Hijo del Trueno. Cuando ya la criatura hubo cumplido tres meses, la venerable Mensajero Celeste (hubiérase dicho que sólo aguardaba a tener quien la sustituyera) amaneció muerta una mañana. Adivinando la inminencia del óbito, ella misma se había amortajado y, después de prender cuatro velas a los costados, se había tendido dentro de un cajón de segunda clase —inútil diligencia, porque el juzgado, con suspicacia excesiva, insistió en hacerle la autopsia: su muerte había sido natural si las hay—. *Sic transit gloria mundi!*

En cuanto a Homero, en vista de que la actividad periodística no da rendimientos económicos apreciables, se ha decidido, por fin, a prestar una atención cada vez menos reluctante al negocio paterno, sin abandonar por ello la poesía, algunos de cuyos más logrados productos adornan cada domingo la página interior de *El Eco del País*.

alborotar, a lamentarse, a decir que qué hedor y qué peste, y a increparme por el disparate.

Que era un disparate, ya lo sabía yo muy bien. Lo supe desde el momento mismo en que salí de la ducha, tras el penoso acarreo. Me había puesto empapado en sudor y con las manos oliendo a pescado: tuve que enjabonarme de pies a cabeza; y mientras lo hacía estaba pensando que también el domingo anterior había necesitado darme una ducha extra por culpa de doña Rufa con su cochinada. Ahora, al secarme con la toalla, me acudieron de golpe, dolorosamente, las dudas: «Para qué puede servir un pescado semejante», y «Qué voy a hacer yo con eso», y «Qué va a decir la Gorda cuando lo vea». Hasta ese momento no se me había ocurrido —no había tenido tiempo para pensar en nada—; pero, si tuve desde el principio algunos barruntos, a partir de ese momento estaba seguro: había sido un disparate aceptar el pescado y meterlo en casa.

Lo que me gritó la Gorda fueron cosas que no voy a repetir. Me llenó de improperios; y su indignación me abrumaba más y más porque, de veras, no sabía qué replicar ni qué explicación podría satisfacerla. Cuantas disculpas se me venían a las mientes, mejor era callárselas, para no parecer aún más tonto. Le contesté con malos modos que no escandalizara, que yo era el dueño de mi casa para hacer lo que me diese la real gana. Pero ni ella se callaba, ni dejaban de fastidiarme los niños con sus preguntas excitadas. Y cuando ya el cansancio parecía calmar los nervios de unos y otros, irrumpe la Gorducha desgraciada, y se reproduce toda la batahola. «¿Qué es esto?; pero ¿qué es esto?; pero ¿quién ha traído esto aquí? ¡Jesús, qué peste!» Y todo ello, con la boquita muy redonda, con los ojuelos muy redondos, y apretándose entre dos dedos las naricillas. La hubiera matado a la desgraciada de la Gorducha: por si no tuviera uno bastante con la mujer, también la cuñada, que no tiene ningún derecho.

En fin, la cuestión era cómo desembarazarse del monstruo: todo lo demás, ganas de hablar. Por supuesto que a la Gorda, para más reventarme, lo primero que se le ocurre es que yo, igualito que lo había entrado a la casa, volviera a sacarlo y lo dejara en la calle; «y lejos de aquí, donde no huela». Gran idea: precisamente ahora que la calle estaba llena de gente, cuando todos los vecinos estaban regresando y los muchachos jugaban en la esquina, ahora precisamente iba a sacarlo yo, para que, encima de todo, la broma me costara un multazo. Este argumento, que proferí con triunfal vehemencia, hizo mella, cómo no, en el ánimo de la Gorda. Que yo dé el espectáculo delante del vecindario, bien está; pero el dinero es cosa santa. «Entonces habrá que esperar a que sea bien de noche; y mientras tanto, ¿quién respira ni vive aquí? ¿Quién va a cenar, con semejante olor en la casa?» Éstas, como se comprenderá, eran apreciaciones de la Gorducha. La Gorducha sólo piensa en llenar el bandullo para luego embromar al lucero del alba con sus hipos y sus gases. Pero en este caso me abstuve de decirle lo que pensaba; antes bien, corroboré: «Además, la gente, con el calor que hace, se va a estar esta noche en la calle, ventanas y balcones, hasta quién sabe qué hora. Y te creerás tú, Gorda, que no sabe ya todo el mundo lo que tenemos en casa, con la gritería que has armado...» «Querrás decir; con el perfume que por todas partes sale.» «Como quieras —transigí—. El caso es que si mañana amanece ese monstruo —y le eché al tiburón una mirada de odio— ahí en la calle, nadie nos libra de los inspectores de sanidad, y a lo mejor hasta mandan detenerme para aclarar el asunto, y pierdo de ir al trabajo...»

Por último, después de darle muchas vueltas y de mucho discutir, resolvimos que lo mejor era llamar a la policía y, con toda franqueza, decirle lo que había ocurrido, para que ellos dispongan lo que proceda.

Así se hizo, en efecto. La Gorducha fue quien telefoneó a la comisaría del barrio. Y cuando llegaron dos agentes, ya había un enjambre de chiquillos a la puerta de nuestra casa, escuchando con avidez las explicaciones que mis hijos les suministraban.

Yo, por mi parte, tuve que explicarle a los agentes de qué se trataba y cómo había sucedido. Cuando se lo conté, empezaron a reírse. «Usted creería que iban a regalarle un besugo, o un salmonete.» Luego me pidieron detalles del automóvil y de sus ocupantes, «para el prontuario». Se los di; les dije que aquella banda bien podrían ser «latinos». La verdad es que esta idea me vino de repente, no sé por qué; antes no había pensado que pudieran ser latinos... «¿Puertorriqueños?», me preguntó el agente. «O quizás cubanos.» «¿Por qué cree?» «No sé. Me pareció.» «¿Por la manera de hablar?» «¡Qué sé yo! A lo mejor, no eran cubanos; latinos, sí que me parecían, aunque tampoco estoy muy seguro.» «Pues si eran cubanos, le han obsequiado a usted con un pez más grande que su isla», dijo uno de los agentes para hacerse el gracioso. Y el otro: «Cubanos o no, amigo, le han hecho a usted un presente griego. ¿Quién va a pagar los gastos para llevarse de aquí esto? Pues usted mismo. Nadie más que usted mismo va a tenerlos que pagar. Es peligroso, ¿ve?, eso de aceptar regalitos».

Al otro día la historia salió publicada en el *New York Times*. Todos lo leyeron. Y muchos días después, todavía siguen preguntando en el taller algunos cuando se acuerdan: «¿No quieres un pez, polaco? ¿No te gustaría que te enviara a casa una ballenita?». Yo ni les contesto.

ÍNDICE

Impreso en el mes de
octubre de 1982
en los talleres de
GRÁFICAS DIAMANTE,
Zamora, 83, Barcelona